www.tredition.de

AF203984

ALEXANDRA EDAM

***

NIE BERÜHRT

www.tredition.de

© 2021 Alexandra Edam

Verlag und Druck:
tredition GmbH, Halenreie 40-44, 22359 Hamburg

ISBN
Paperback: 978-3-347-32361-2
Hardcover: 978-3-347-32362-9
e-Book: 978-3-347-32363-6

PROLOG

Der kostbarste Besitz einer Frau, ist die Phantasie des Mannes.

Beate Uhse

Alle Dinge auf dieser Welt haben ihren Grund, Niemandem begegnet man ohne Grund.

06. April

Anja

Und schon wieder sitzen sie neben mir. Sagen mir wieder, dass ich mich endlich entscheiden soll. Ich sehe so unglücklich aus. Was das soll? Und wieder kommt mein Gedankenkarussell ins Drehen, ich nicht zur Ruhe. Habe Angst davor, eine Entscheidung für meine beiden Mädels und mich zu fällen.

Soll ich wirklich gehen? Wieso sehen Kinder die Situation klarer als ich?

So eindeutig, es lässt ja nicht einmal eine Alternative zu.

Ich gebe zu, dass ich mich mit dem Gedanken auszuziehen schon beschäftigt habe. Nachdem mir erklärt wurde, dass ich ruhig verschwinden kann und Geld dalassen kann und dass die Kinder mitkommen können oder dableiben, das wäre ja egal.

Nur leider haben Cora und Fabienne das mitgehört. Eine Aussage, die ihnen nachhaltig weh getan hat und das ist eigentlich das, was auch mir am meisten weh getan hat und die Entscheidung befeuert hat.

Im Internet habe ich schonmal nachgeschaut, was es denn so an Wohnungen gibt, die Katzen müssen ja mit und deshalb wäre ein kleiner Garten ganz praktisch.

Das Haus, was mir sofort gefallen hat, war das grüne Doppelhaus in Marberg.

Das haben wir uns dann auch Mitte April angeschaut. Wunderschön: hell, lichtdurchflutet, großer Garten, aber erst zu Anfang August bezugsfertig.

Ende April habe ich den Mietvertrag unterschrieben.

Am 11. Mai haben wir uns beim Vermieter wegen Erstbezug Türen, Fliesen, Böden etc. aussuchen dürfen. Weiße Türen wollte Cora, einig waren wir uns auch schnell bei den Fliesen. Der Fußboden hat etwas länger gedauert und wurde dann grau. Dann noch die Küche im Küchenstudio aussuchen, das hat echt Spaß gemacht.

Dazu gabs eine Liste mit den Namen der Handwerker, die er vertraglich gebunden hat und die ich wegen Abstimmung der Termine anrufen sollte.

12. Mai

Anja

Dann will ich mal anfangen, die Handwerker anzurufen, so wie Herr Schneider das empfohlen hat.

Anfangen werde ich, klar, oben, beim Malermeister, Leonhardt Reller.

Habe direkt angerufen, war nett, alles klar, wir verständigen uns auf kurzem Wege, wenn es dann soweit ist.

Hr. Zeiger, der Bauleiter, als Nächster. Och, das hat alles noch Zeit, es reicht, wenn wir uns Anfang Juli zu den Tapeten abstimmen. Alles klar, schade, solange noch. Der ist ja die Ruhe in Person.

Leonhardt

Anruf, unbekannte Nummer. Aha, eine Frau Marisch, sie zieht nach Marberg und will mit mir Tapeten abstimmen. Echt angenehme Stimme, die Frau. Mal sehen, wie sie so drauf ist. Aber ich glaube, das hat noch Zeit, bis es soweit ist.

Gleich mal die Nummer speichern, ach, sie hat ja noch eine Nachricht geschickt. Okay, das mit der Tapete hat noch Zeit, habe ich mir doch gedacht.

17. Mai

Leonhardt

Mal Statusbilder anschauen. Ach, Anja Marisch, das war doch die, die nach Marberg ziehen will. Was postet die denn?

Biathlon, aha, ist doch eigentlich was ganz anderes, die hat wohl Humor? 10 km laufen und 20 km Radfahren. Wie ist die denn drauf?

Da fällt mir direkt auf, dass ich so gar keinen Sport mache, wann auch, sollte ich aber und es täte mir bestimmt gut, mal etwas Bewegung bei dem ganzen Stress.

Eine Runde Laufen mit Anja Marisch, netter Gedanke.

Das muss ich doch gleich mal kommentieren. Und sie hat sogar geantwortet, bringt sie nicht an ihre Leistungsgrenze, aha, na so jung ist sie ja auch nicht mehr für so ein Programm. Klingt ja spannend. Mal sehen, wie das weiter geht.

Anja

Da antwortet der Malermeister auf mein Statusbild: ich war 10 km gelaufen und dann 20 km Fahrrad gefahren und er meinte so, dass ich verrückt wäre. Was ist das denn für Einer, der soll meine Tapete an die Wände bringen. Mehr nicht. Hab höflich geantwortet, daraus entspann sich dann eine kleine Kommunikation. In dessen kurzem Verlauf haben wir dann über Sinn von verrückten Aktivitäten und wie denn Menschen allgemein zu sowas stehen, geschrieben.

Warum tut er das? Langeweile? Laut seinem Profilbild hat er ein kleines Kind, vielleicht 4 oder so. Dann hat er sicher ne Frau dazu. Dazu selbständig, sicher mit ein paar Angestellten. Da hat man doch eher niemals Langeweile. Warum schreibt er mir dann? Das macht man doch nur, wenn man Zerstreuung irgendeiner Art sucht. Aber langweilig ist es einem Selbständigen doch nie. Komische Sache.

04. Juni

Leonhardt

Schon wieder diese Anja Marisch. Was postet sie denn nun schon wieder?

„Wenn man morgens statt zur Arbeit gleich ans Meer fährt geht es eigentlich."

Da hat sie schon mal recht. Aha, sie fährt an die Ostsee. Mit wem sie da wohl hinfährt? Da würde ich auch mitfahren. Ein paar Tage ausspannen täte mir auch gut. Bin schon bissel neidisch. Die hat es gut.

Und sie tankt am besten auf, an immer mal einem Wochenende. Ja, das stimmt, das ist auch genau meins, wenn ich bloß mehr Zeit dafür hätte.

3 Wochen am Stück schafft sie auch nicht, aha, ist ja auch nicht das Wahre.

Morgen will sie mich anrufen, na klar doch. Freue ich mich drauf, die ist interessant.

Anja

Da antwortet der Malermeister mir schon wieder auf mein Statusbild, dass ich in 8 Tagen an die Ostsee fahre. Wenn sie nichts zu verlieren haben, auf jeden Fall mitnehmen.

Was denn nun schon wieder? Hab ihm dennoch geantwortet, irgendwie ist es interessant, wenn einfach ein relativ Unbekannter antwortet. Und was tue ich damit schon. Es entspann sich ein nettes Geplänkel über positive und negative Erfahrungen im Leben und dass die negativen doch den höheren Lerneffekt hätten. Das stimmt auf jeden Fall.

Und 3 Wochen Urlaub am Stück würde er auch nicht aushalten und unausstehlich werden, na wer nicht, wenn man solange zur Ruhe verdammt werden soll.

Genau mein Stil, der wird immer interessanter und verschafft mir irgendwie Spaß.

Das tut mir gerade gut.

Aha, ein Philosoph also, das wird ja gerade interessant. Männer, die so tiefgründig sind, stehen ja auf meiner Beliebheits-Liste ganz oben.

Dann schrieb er noch: …kleine Ausreißer sind auch mein Lebenselixier. Gedanken und Träume beleben unseren Körper und lassen uns spüren „wir leben noch" …wer beides nicht mehr hat tut mir leid.

Stopp! Bitte was? Spätestens jetzt hast Du meine volle Aufmerksamkeit. Wer bist Du? Wie kann ein Mann denn so schön Schreiben. Ist das sein Repertoire im Umgang mit seinen Kundinnen? Das und nur so etwas ist es, was in mir Interesse an einem Mann auslösen kann. Vermutlich ist er sich seiner Worte sehr bewusst.

05. Juni

Anja

Hab gestern noch um ein Telefonat gebeten. Schon mal ein Bild von der schönen blauen Tapete geschickt. Haben dann kurz telefoniert, war sehr angenehm, mit ihm zu sprechen.

Soll ihm dann noch die Nummer meiner Tapete schicken. Habe ich dann gemacht und ihm geschrieben, dass ich sie schon bestellt habe.

Schrieb er zurück: „Frauen…können einfach nicht abwarten." Ganz schön flirty drauf, der Typ.

Natürlich können wir nicht abwarten, zumindest habe ich nicht soviel Zeit um ewig über etwas zu philosophieren, was ich sowieso haben will.

Ich habe dann geschrieben, dass ich alles andere kann, also vielleicht.

Kam zurück: naaaaaa maaaal schauen…

Leonhardt

Was kommt denn da? Aha, Fr. Marischs Tapete. Die sieht aber echt gut aus. Hat Geschmack die Frau. Mal sehen, was sie will, wenn sie anruft.

Haben gerade telefoniert. Wow, hat die eine Stimme. Hätte gern noch länger mit ihr telefoniert, aber bestimmt nicht über Tapete. Aber natürlich habe ich schon den nächsten Termin und musste sie leider abwimmeln.

09. Juni

Leonhardt

Ah, Frau Marisch hat wieder was im Status, gleich mal schauen: „Je älter wir werden, desto kleiner werden unsere Wunschzettel. Denn die Dinge, die wir uns wirklich wünschen, kann man nicht kaufen."

Also das ist mal echt wahr. Ich habe auch einen großen Wunsch: Zeit, endlich mal Zeit haben.

Das schreib ich gleich mal: „Wunschzettel – ZEIT!!!

Was? Sie schreibt: „Ja, ja, ja…Woher wissen Sie das? Oder war es Ihr Wunsch?"

Sehr witzig, ICH brauche diese Zeit, sie fährt ja schon an die Ostsee. Beneidenswert, so ist das eben, wenn man angestellt ist, bei mir wäre es der pure Luxus: Freitag los und das Wochenende genießen. Da wäre mir schon fast egal, wo es hin geht. Eigentlich bin ich ja eher der Wanderer, aber Ostsee ließe ich mir auch einmal gefallen.

Anja

Da hat doch der Malermeister schon wieder reagiert und schrieb: Wunschzettel - ZEIT !!!

Okay, kannst Du haben, jetzt drehe ich es mal um. Dann habe ich geschrieben: Ja, ja, ja…woher wissen Sie das, oder war es Ihr Wunschzettel?

Klar weiß ich, dass es sein Wunschzettel war, aber bisschen Spaß muss sein. Dann haben wir vermutlich den Gleichen. Und dass, laut Herrn Reller wohl wie so viele und dass ich es guthabe. Ja, das stimmt und es wird höchste Zeit für eine Auszeit bei mir. Bloß gut, dass kaum jemand weiß, dass ich vorhabe, allein zu fahren. Das wäre ein Theater und schon wären wir zu viert unterwegs. Ich brauche einfach ein paar Tage nur für mich. Und das habe ich noch nie gemacht. Wieder etwas aus der Kategorie: Dinge, die ich schon immer mal tun wollte!

Ich habe geschrieben, dass ich mich mit meiner Vorfreude grad sehr, sehr gut fühle und ihn gefragt, wie er es damit hält? Und er meinte, dass Vorfreude doch die schönste Freude ist und dass das Leuchten der Augen bei der Erfüllung…einmalig ist. Na die Augen bei ihm würde ich ja zu gern mal in so einer Situation sehen. Dann habe ich ihm noch geschrieben, dass er sich Freitagmittag meine leuchtenden Augen vorstellen kann, denn dann bin ich schon da.

Leonhardt

Freitagmittag soll ich mir die leuchtenden Augen von Frau Marisch vorstellen, da ist sie schon an der Ostsee.

Und ich antworte: „…wenn Ihre Augen dann so Leuchten wie Ihre Stimme klingt, daaaann kann ich mir das sehr gut vorstellen!"

Ob ich da grad etwas zu weitgegangen bin? Mal sehen wie sie reagiert. Sie hat aber auch eine schöne Stimme. Wie die wohlklingt, wenn sie mir einen guten Morgen wünschen würde, neben mir, ganz dicht und nackt?

Sie schreibt nur „Dankeschön!" Echt? Da kann eine Frau einfach mal nur Dankeschön sagen und nicht gleich entrüstet zurückschreiben, was mir denn einfällt, na das gefällt mir ja.

Dann schickt sie mir noch ein Bild von einer kleinen Gasse und schreibt dazu: „…nicht einmal Italien und trotzdem so traumhaft schön!" Das stimmt und dort wäre ich jetzt gern. Ich schreibe ihr: „…jetzt dort sitzen mit einem leckeren Teller Pasta und einem schönen Chardonnay!" Das wäre echt schön. Das schöne Wetter genießen, großartige Gespräche, die Gegend anschauen. Einfach nur schön. Dann meint Frau Marisch noch so, dass ich es zu verstehen scheine, was sie mit den kleinen Auszeiten und dem Schönen meint. Klar verstehe ich das. Wenn ich mir diese Auszeiten nicht nehme, gehe ich hier kaputt, obwohl ich eigentlich noch jung bin. Aber das Schöne genießen ist eine meiner liebsten Übungen. Wenn ich nur Zeit dafür hätte und schon bin ich zurück beim Wunschzettel – ZEIT!

Anja

Hui, das war ja fast mehr als „charming" mit dem „…wenn meine Augen dann so Leuchten wie meine Stimme klingt…".

Als er zu dem Bild aus Neuhaus noch das mit der Pasta und dem Chardonnay schrieb, war ich endgültig überwältigt und hatte direkt Hunger und Durst auf Beides.

Ich habe dann noch spät geantwortet, aber da kam dann nichts mehr.

12. Juni

Leonhardt

Ach ja, Frau Marisch ist ja an der Ostsee. Und da liegt sie am Ostseestrand und liest. Welch ein Luxus. Das könnte ich auch grad gebrauchen. Sehen die Brüste nur so groß aus oder sind sie es auch?

Dann werde ich ihr mal viele schöne Stunden wünschen und liebe Grüße natürlich.

Sie schickt mir ein Bild von einer Flasche Chardonnay. Ostseestrand, rauschende Anja, ein schöner Wein, ja, so lässt es sich genießen. Das könnte ich jetzt auch gebrauchen.

Anja

Herr Reller schon wieder. Er wünscht mir viele schöne Stunden. Auch wieder etwas, was ich noch nie gemacht habe. Heute sage ich darüber, dass ich das mindestens jedes Jahr einmal machen werde. Ich habe noch nie 5 Stunden irgendwo gelegen, in Ruhe gelesen, hatte Gesellschaft, wenn ich drauf Lust hatte, musste mich nach wirklich, wirklich Niemandem richten. Und das ganz 2 Tage lang. Glauben Sie mir, Herr Reller, ich lerne langsam zu genießen, was mir das Leben schenkt.

23. Juni

Anja

Heute habe ich die Tapete bei Hammer geholt. Die sieht echt schön aus. Seidentapete, dunkelblau mit grau und einem wunderschönen Motiv. Wieder ein Traum, den ich mir erfülle. Die kommt an die Schräge in meinem Zimmer und dann könnten die anderen Wände so richtig dunkel werden, dazu weiße Möbel. Das wird schön, ich fange langsam an mich zu freuen.

Werde mal dem Herrn Reller schreiben, ob er eine Idee für die Wohnzimmerwand hat. So mit der Chesterfield Couch davor. Noch so ein Traum, eine Chesterfield Couch, ich finde dieses Muster so edel, mal sehen wie sie in echt aussieht. Leider kommt die Couch erst Mitte August, aber dann habe ich noch etwas Vorfreude.

Leonhardt

Oh, am späten Abend noch eine Nachricht von Frau Marisch. Ob ich eine Idee habe, wie eine Wand in ihrem Wohnzimmer gestaltet werden könnte. Die ist aber ungeduldig. Aber die Couch ist ja wirklich schön, das Muster mit dieser antiken Steppung finde ich auch klasse, na mal schauen was mir einfällt. Aha, und sie wollte mich nicht so überfallen, na das geht mit mir eh nicht. Dann kann ich ihr ja gleich mal schreiben, dass sie letztens in meiner kleinen neuen Heimat war. Hab ihren Status gesehen, irgendwas haben sie da gefeiert, sah aus wie Schulabschluss.

Anja

Gut, Herr Reller lässt sich also nicht überfallen, gut so, deshalb habe ich ja ausreichend vorher geschrieben, weil ich ihn ja nicht unter Druck setzen wollte.

03. Juli

Anja

Nicht einmal mehr ein Monat, dann ziehe ich aus. Und hoffe, dass ich dann zur Ruhe komme. So einen Schritt zu gehen, niemals hätte ich gedacht, dass mir das passiert. Normalerweise findet man sich doch in meinem Alter mit den Gegebenheiten ab und hält einfach aus. Aber was ist bei mir schon normalerweise. Nur, zugetraut hätte ich es mir selbst nicht.

Jetzt muss ich doch mal den Herrn Reller fragen, wann es mit dem Tapezieren los geht. Herr Zeiger meinte ja im Juli. Juli ist jetzt. Also frag ich mal nach.

06. Juli

Leonhardt

Ach, ich sollte vielleicht noch Frau Marisch antworten, wann es bei ihr losgeht. Ihre Doppelhaushälfte ist als Nächstes dran. Mal sehen, was sie für Sonderwünsche hat. Die Couch sah ja super aus, da wollte sie ja auch noch, dass ich ihr eine Idee unterbreite, wie die Wohnzimmerwand aussehen könnte. Dann werde ich ihr mal schreiben, dass ich noch im Urlaub bin und dass es ab 13. Juli bei ihr losgeht.

Anja

Jetzt hat Herr Reller geantwortet. Ach, im Urlaub ist er, na das muss ja auch sein. In Saalbach-Hinterglemm, das ist doch auch ein Skigebiet in Österreich. Da wäre ich jetzt auch gern. Wandern, die Natur genießen, stundenlang die Berge anschauen, vielleicht mit einem schönen Glas Wein an einem kleinen plätschernden Bächlein. Das werde ich alles machen, egal mit wem. Ich darf ja eh nicht mehr allein wegfahren. War das ein Theater, als meine Freunde erfahren haben, dass ich allein an der Ostsee war. Aber allein im Sinne von einsam war ich zu keinem Zeitpunkt. Aber ich hatte meine Ruhe als ich sie wollte und die habe ich auch dringend gebraucht. Und Gesellschaft, wenn ich sie wollte. Ich habe viele Menschen kennen gelernt. Sollte ich viel öfter machen. Das nächste Mal fahre ich aber erstmal mit Fabienne und Cora. Die haben zwar keine Lust, aber wenn sie erstmal weg sind, kann man sie ja meistens und trotz Pubertät für alles begeistern.

Aber das wird dieses Jahr nichts. Muss ja schließlich für die Mädels und mich die Wohnung einrichten, das wird teuer genug werden. Dafür das mir immer vorgeworfen wurde, dass ich das Geld nur so aus dem Fenster werfe und den Mädels alles kaufen würde, ist aber genug gespart.

Okay, ab 13. Juli geht es in unserer Doppelhaushälfte los. Da werde ich ihn dann sehen, bin ja gespannt, was für ein Typ das ist. Ich schätze mal so Typ Mister Charming, immer flirty drauf.

14. Juli

Anja

Eine Sprachnachricht von Herrn Reller. Mal sehen, was er für eine Stimme hat. Aha, sie sind schon bei uns am Arbeiten und er will wissen, wo er überall Rauhfaser tapezieren kann. Na, das kann ich doch sofort beantworten. Nur Fabienne und ich wollen Farbe im Zimmer, Cora konnte sich nicht entscheiden.

Wir verabreden uns für morgen 10 Uhr.

15. Juli

Anja

Heute werde ich den flirty Malermeister kennenlernen, um 10 Uhr treffen wir uns im Haus. Da bin ich ja auf das echte Exemplar gespannt.

Leonhardt

Um 10 Uhr werde ich diese Frau Marisch das erste Mal sehen. Bin ja gespannt, wie sie in echt aussieht und was sie so für Wünsche hat.

Anja

Da sind wir. Unfassbar, dass es in 2 Wochen so weit sein soll. Und wie sie das alles noch schaffen wollen, ist mir ein Rätsel. Da sind wir schon. Und da ist Herr Reller. Ich gebe ihm die Hand und es trifft mich wie ein Blitzschlag. Das ist mir auch noch nicht passiert. So gut sieht er ja nun auch nicht aus, dass ich gleich elektrisiert sein müsste. Aber das ist es nicht. Optisch kann ein Mann mich sowieso nicht fesseln. Ich glaube, das ist eher das, was ich im Vorfeld über ihn kennengelernt habe. Nur das, was ein Mann sagt und tut kann mich wirklich beeindrucken, eine schöne Hülle allein könnte mich vielleicht begeistern, aber nur kurz. Da braucht es schon etwas mehr.

Hoch darf ich nicht, ist ja nur eine Leiter da und die Versicherung und so. Wenn er wüsste, dass ich Frank schon genötigt hatte und oben war.

Wir holen die Tapete aus der Garage. Charmant ist er und fragt, ob er was tragen soll. Gerne doch, ich mag zuvorkommende Männer und habe ihm das Paket mit der Tapete für mein Zimmer in die Hände gedrückt. Später habe ich Michaela geschrieben. Dass der Maler 12 von 10 möglichen Punkten bekommen hat, weil - toller Typ mit großartigen Ideen. Den Blitzschlag habe ich aber nicht erwähnt.

Leonhardt

Da ist sie also, Frau Marisch. Kommt mit 2 pubertären Mädels, ob die hier allein einzieht? Scheint so, fragen werde ich nicht. Ist ja pflegeleicht, schöne Tapeten hat sie ausgesucht und die Garage ist ja auch schon ganz schön gut gefüllt. Hoch kann ich sie leider nicht lassen. Also müssen wir das so besprechen. Sie soll mir noch die Küche als Bild schicken und wo sie sie bestellt hat, dann fahre ich da hin und nehme die Farben ab, damit ich weiß, welche Farbe passen könnte. Und dann sehe ich sie nochmal und freue mich drauf.

Dann wollten wir ja noch die Wand im Wohnzimmer abstimmen, ich zeige ihr die Tapete, die ich gut finde. Sie findet sie auch sehr schön.

16. Juli

Leonhardt

Ach, Frau Marisch schreibt, dass sie nur noch morgen Urlaub hat und wir uns nächste Woche ganz früh oder ganz spät treffen müssen. Na klar, dass bekommen wir schon hin, nur leider schaffe ich es morgen nicht. Ach ja, von der Tapete für ihr Wohnzimmer wollte ich ja noch ein Bild schicken.

22. Juli

Anja

Wieder eine Sprachnachricht von Herrn Reller, er entschuldigt sich, dass er sich nicht mehr gemeldet hat, hatte so viel Stress. Aber er hat alles so vorbereitet, dass morgen der Kühlschrank und Freitag die Küche kommen kann. Freitag sollen auch die Schrägen in den oberen Zimmern tapeziert werden. Er hat mir nun die Tapeten für das Wohnzimmer geschickt. Der Mann versteht sein Handwerk aber. Auf den ersten Blick scheinbar nichts Besonderes, aber man muss ja immer genau hinschauen. Dieses sehr helle grau, was er mir empfohlen hat, finde ich auch Klasse. Jetzt muss er mir noch sagen, was das Ganze kosten soll, aber ich weiß schon, dass ich mir auch diesen Traum erfüllen werde. Fabienne wollte auch noch wissen, welche Farbe in ihr Zimmer könnte. Er schaut später und schreibt mir, dass er sie morgen in Ruhe aussuchen wird. Schreibt dann aber sofort „schwarz". Na klar, ein Scherz, findet Fabienne bestimmt toll. Ich schreibe ihm, dass Fabienne sich freut, er hat den Spaß verstanden.

Leonhardt

Mensch, jetzt muss ich endlich Frau Marisch antworten. Aber ich habe so viel Stress, dass ich manchmal eben Dinge vergesse. Aber es passt ja alles noch von der Zeit her und nervig ist sie ja irgendwie gar nicht. Ich habe ihr meine Idee für die Tapete im Wohnzimmer geschickt. Scheint im ersten Moment nichts Besonderes zu sein, aber die ist echt schön, so mit groben Fasern durchzogen, wenn das von einer Stehlampe angeleuchtet wird, sieht es bestimmt ganz toll aus. Sie fragt mich, welche ich ihr empfehlen würde. Also ich hätte die Helle genommen. Ist auch ihr erster Impuls, sie will noch den Preis wissen. Muss ich aber erst schauen, werde ich ihr dann schicken.

27. Juli

Anja

So, jetzt müssten wir aber irgendwann schonmal die Ta-
petenfarbe abstimmen, ich schreibe mal Herrn Reller. Bestimmt hat er wieder Stress. Er ruft an, könnte in einer halben Stunde da sein. Prima, wir sind auch gleich im Rewe
fertig, dann eben nochmal durch die Stadt, das schaffen wir.

Leonhardt

Jetzt habe ich doch schon wieder Frau Marisch vergessen, wir wollten doch noch die Farben oben abstimmen. Ich
rufe gleich mal durch, so in einer halben Stunde hätte ich
Zeit. Perfekt, das passt auch bei Frau Marisch. Na dann
drehe ich mal um und fahre nach Marberg.

Anja

Heute darf ich die Leiter hoch, irgendwie müssten wir ja
mal an der Wand die Farbe sehen und abstimmen. Sehr
charmant der Herr Reller, er reicht mir die Hand, hilft mir
hoch, so etwas mag ich ja ganz besonders. Ich sage auch
nicht, dass ich das schon allein schaffe. Klar könnte ich, aber
wenn einem so etwas Charmantes passiert, einfach mal annehmen und bedanken.

Leonhardt

Oh, mal eine Frau, die sich die Leiter hoch helfen lässt. Heute können Frauen ja alles allein und Mann darf einfach nicht mehr Mann sein.

Schön, wie mein Frank die Tapete klebt. Seht jetzt schon gut aus. Dann wollen wir mal schauen, ob sich Frau Marisch traut, mal richtig mit Farbe zu spielen.

Anja

Das gefällt mir, was der Mitarbeiter von Herrn Reller so mit meiner schönen Tapete macht. Ich bin immer noch froh, dass ich sie einfach gekauft habe, um mich für eine lange Zeit daran zu erfreuen. Jetzt müsste noch eine richtig dunkle Farbe an die Wand. Bin gespannt, was Herr Reller vorschlägt.

Das gefällt mir, richtig dunkel darf es sein. Aber sollten wir wirklich so nah nebeneinanderstehen? Unangenehm ist es jedenfalls nicht, also bleibe ich ganz nah dran an ihm.

Leonhardt

Sie traut sich. Und die Farbe ist noch dunkler, als ich sie gewählt hätte. Gut so.

Ich muss ihr noch den Preis für ihre Tapete für die Wohnzimmerwand schicken.

550 € für die Wand im Wohnzimmer schicke ich Frau Marisch. Sie will wissen, ob ich da noch etwas machen kann. Bissel was geht immer, also komme ich ihr noch etwas entgegen. Möchte sie haben, sie kann nicht widerstehen, weil es einfach zu schön aussieht. Das stimmt und das wird mit der Couch auch sehr schick aussehen. Und klar, wer kann bei schönen Dingen schon widerstehen antworte ich ihr. Und sie antwortet mir: „Der Versuchung kann man eben nur widerstehen, wenn man ihr nachgibt." Klar, und das ist ja auch sehr menschlich. Aber es ist eben schon eine Qual, den vielen Versuchungen nicht nachzugeben, antworte ich ihr.

Anja

Was schreibt er: „…wer kann schon bei schönen Dingen widerstehen?" Na das soll man ja auch nicht. Ich schreibe ihm, dass man da schon sehr wählerisch sein und muss, denn es sollte sich ja schließlich lohnen.

Er schreibt mir: „Sie sind so erfrischend ehrlich!"

Wie meint er das denn? Stimmt doch, bevor ich einen fetten Eisbecher esse, überlege ich, ob ich echt Bock habe, danach zehn Kilometer zu laufen. Oder meint er die Versuchung des Fleisches? Klingt fast so. Also eigentlich habe ich das ganze Leben gemeint. Alles andere ist Zeitverschwendung. Und das Leben ist auch einfach zu kurz, um unehrlich zu sein, habe ich ja gerade hinter mir, dieses Denken, dass schon alles gut werden wird.

Er schreibt, dass das Leben freilich zu kurz ist und er gerade nicht weiß, was er sagen soll. Verstehe ich nicht, was hat er denn für Menschen in seiner Umgebung?

Er schreibt, dass ihm dass noch nicht passiert ist, also er anscheinend keine offenen Menschen in seiner Umgebung hat. Oh, also habe ich ihn geschockt, na das wollte ich ja nicht, aber das war doch „nur" ehrlich. Komisch, sollte doch so sein, dass man offen sein kann.

Leonhardt

Wie?

„Da darf und muss man schon sehr wählerisch sein, denn lohnen sollte es sich schließlich!"

Was war das denn? Also sowas habe ich ja noch nie gehört. So zack, so ist es. Stimmt ja auch, aber wer sagt so etwas schon so frei heraus und ehrlich. Bin total perplex und schreibe ihr, wie erfrischend ehrlich ich das finde. Jemanden, der so frei heraus die Dinge benennt, habe ich noch nie getroffen, die wird immer spannender, die Frau Marisch. Jetzt will sie an sich arbeiten, weil es mich baff macht. Nein, bitte nicht, sowas Ehrliches ist zu selten, als dass man es ändern sollte.

Und sie schreibt noch, ob sie in mir ein neuartiges Gefühl hervorgerufen hat? Ja, das haben sie. Und wirklich, so etwas ist mir noch nicht passiert und es weckt die Neugier in mir. Und sie meint, dass sie ihren täglichen Auftrag, jemandem ein Lächeln ins Gesicht zu zaubern, erfüllt hätte.

Na aber, ein Lächeln haben wir uns doch gegenseitig ins Gesicht gezaubert. Was habe ich denn bloß mit ihr gemacht. Oder ist sie immer so? Das wäre noch besser.

29. Juli

Anja

Na da muss ich doch nochmal zum Haus fahren und die Farbe anschauen. Wow, ich wusste es. Das sieht einfach nur richtig, richtig super aus. Haben wir gut entschieden, richtig kräftig ist die Farbe. Und wieder habe ich mich getraut, etwas einfach mal zu machen und nicht zu denken, dass etwas zu viel, zu stark ist.

Leonhardt

Ach, Frau Marisch hat ihre Schlafzimmerfarbe gesehen und schreibt, dass das mal richtig knallt. Ist das gut oder schlecht? Ich hoffe doch gut. Doch, war eine gute Entscheidung schreibt sie. Na bloß gut, für eine Änderung hätten wir ja jetzt auch gar keine Zeit mehr, aber mit den weißen Möbeln, wie sie sagte, wird das echt gut aussehen. Ich schreibe ihr noch, dass der Mut zur Farbe sich auszahlen wird.

Jetzt schreibt sie noch, ob wir für das Wohnzimmer auch gleich noch auf kräftig umdisponieren wollen. Ganz ruhig, wir warten erstmal, wie die Wand mit der silbergrauen Tapete aussehen wird und entscheiden dann.

Okay, und sie freut sich auf neue Inspirationen jeglicher Art. Wie? Jeglicher Art? Was meint sie denn damit? Malerinspirationen oder Andere? Die bringt mich ja auf abwegige Gedanken und meint, wer weiß, was mir noch Tolles einfällt.

Dann schreibt sie noch was von 5-Sterne-Konversation. Was soll das denn jetzt wieder heißen? Und da frage ich gleich mal nach.

Sie schreibt, dass ich einen großartigen Job mache, dabei sehr charmant bin und sie unsere Schlagabtausche viel lächeln lassen und weil Lächeln happy macht, bekomme ich 5 Sterne.

Wow, sehr nett, da bedanke ich mich doch gleich und gebe das Kompliment zurück. Sie ist echt interessant, diese Frau und auch das stimmt, dass sie mir bei so manchen Nachrichten ein Lächeln ins Gesicht zaubert. Und dann muss ich gleich noch fragen, was bei mir falsch und bei ihr richtig läuft, da sie scheinbar schon wieder in den Urlaub fährt.

Anja

Jetzt habe ich ihm doch tatsächlich geschrieben, dass er sehr charmant ist und ich bei unseren Schlagabtauschen viel lächeln kann. Und ja, es ist wirklich interessant mit ihm. Ein Unbekannter, na gut ein fast Unbekannter, der mich abendeweise mit seinen Nachrichten erfreut als hätte er Nichts Besseres zu tun. Vielleicht ist das ja auch so. Dann wäre es sehr traurig für ihn.

Er hat geschrieben, dass ich ihm auch ein Lächeln ins Gesicht zaubere bei manchen Nachrichten. Das will ich jetzt aber genau wissen. Tue ich das? Ich habe doch gar nichts Witziges von mir gegeben, aber vielleicht sehen, dass andere Menschen anders. Und er schreibt, wenn ich so ernst werde. Hm, wie soll ich das jetzt interpretieren? Weil Anja mal wieder schwer von Begriff ist, reicht er noch ein „nachdenklich" nach. Und dann noch, dass er bei manchen Nachrichten von mir schmunzeln muss, im positiven Sinne. Na, das hoffe ich doch. Wie bei unserem ersten Telefonat, als ich sagte, dass wir uns früh sehen müssten, damit ich noch frisch bin. Ach so, habe ich gar nicht gemerkt, manchmal sage ich ja auch komische Sachen ohne nachzudenken, aber wenn Menschen dann schmunzeln ist auch alles gut.

Also mag er das Ernsthafte, Tiefsinnige. Das ist außergewöhnlich. So einen Menschen habe ich leider noch nie getroffen, mit dem man so auf der tiefenpsychologischen Ebene unterwegs sein kann. Aber diese Sprüche immer wieder zwischendurch finde ich so tiefgründig und sie treffen voll in mein Herz. Mist, großer Mist. Können sie nicht einfach Maler und Fußbodenleger sein. Müssen sie immer interessanter werden? Das kann ich gerade nicht gebrauchen, muss erstmal zur Ruhe kommen.

Leonhardt

Das wird ja immer spannender. Scheint sie nicht zu verstehen, warum Ernsthaftigkeit und Nachdenklichkeit bei mir manchmal für mehr Interesse sorgen, als erotisches Geplänkel. Dabei ist sie doch eigentlich auch eher tiefgründig unterwegs. Zumindest meine ich da eher keine Oberflächlichkeit vernommen zu haben.

Anja

Zur Versuchung hatten wir letztens auch nicht erschöpfend zu Ende diskutiert. Aber wir waren uns einig, dass, wenn es sich lohnt, man nachgeben sollte, weil man sonst immer daran denken würde. Ich meinte aber eigentlich mit Versuchung auch so etwas Profanes wie einen Eisbecher aber irgendwie klingt es bei Herrn Reller immer so nach der weiblichen Versuchung. Vielleicht bekomme ich das ja noch raus. Als ich dann schreibe, dass man ja nur Sachen bereut, die man nicht gemacht hat, meinte er so, dass das jeder Mensch kurz vor dem Ende bereut. Und dass er das auch schon einmal gemacht hat, es ein riesengroßer Fehler war, aber trotzdem sehr schön.

Also ich wette darauf, dass das etwas mit einer Frau zu tun hatte. Und da ich ja so gar nicht neugierig bin, frage ich gleich mal nach mehr Details. Aber die will er heute nicht mehr preisgeben, weil, zu viele Details. Das wird ja immer spannender und ich schreibe ihm, dass ich das einen anderen Abend frage, weil ich eben so was von neugierig bin. Klar, Frauen eben kommt da von ihm.

Leonhardt

Ich glaube, jetzt habe ich zu viel verraten als es um die Versuchung ging. Habe ich doch tatsächlich von der Geschichte von damals geschrieben, als ich diese Affäre hatte, die ich vermutlich niemals vergessen werde. ich hatte Sex, wie noch nie in meinem Leben, alles ging, wir wollten alles und das haben wir auch getan. Ich kann mich nicht erinnern, jemals in meinem Leben so befriedigt gewesen zu sein wie damals. War sowas von geil. Und natürlich will Frau Marisch mehr wissen. Ob sie auch so eine ist, die auf alles Lust hat? Schwer zu sagen, vielleicht bekomme ich ja da mal ein paar pikante Informationen. Aber was das angeht muss ich sie vertrösten und hoffen, dass sie nicht mehr nachfragt.

Anja

Was schreibt er da: „…richtig ausschlafen war vor Moritz, danach niemals wieder." Wie jetzt „Moritz"? Da fällt mir sofort ein, dass David auch ein Moritz werden sollte, wenn es nach mir gegangen wäre. Also ist der Junge auf seinem Profilbild ein Moritz. Was für ein schöner Name. Na gut, mit so 4 Jahren ist ausschlafen eher nicht so angesagt. Habe ich 3 x durch, Kinder sind ja auch der schönste Grund nicht ausgeschlafen zu sein. Aha, Moritz ist sein größter Schatz und wird im August 5. Wie: „…sein größter Schatz?" komisch, so eine Aussage. Das sagt man als Mann doch eigentlich nur über seine Frau. Naja, ist ja auch irgendwie komisch, dass er sich Abende lang mit mir schreibt. Was ist denn da los?

Leonhardt

Ach je, wenn das kleinste Kind zwölf ist, wird es wieder ruhiger. Bis dahin ist es aber noch ganz schön lange hin. Aber es ist ja auch schön, Kinder zu haben. Und für wen sollte man denn auch sonst unausgeschlafen sein.

Anja

Er schreibt, dass er, bis sein kleinstes Kind zwölf ist noch ganz schön viele unausgeschlafene Nächte haben wird und wahrscheinlich komplett grau ist. Na klar, so ist das eben. Und das mit den grauen Haaren ist dann eben so. Sieht im Übrigen bei den meisten Männern sogar richtig gut aus und bei seinen etwas längeren Haaren vermutlich sowieso. Aber da war ja noch die Eitelkeit, die es vielleicht nicht so super findet.

Und heute ist noch baden angesagt, na da soll er mal nicht so weit rausschwimmen.

31. Juli

Leonhardt

Mist, das mit der Tapete klappt bei der Frau Marisch nicht, dann muss ich ihr das jetzt sagen. Hoffentlich ist sie nicht sauer. So, Sprachnachricht geschickt. Mal sehen, was sie antwortet.

Oh, sie antwortet nicht, hat aber schon abgehört, bestimmt ist sie sauer, ich hatte es ja versprochen.

Was schreibt sie denn? Hat sie nächste Woche auch noch was zum Freuen. Puh, endlich mal eine, die nicht gleich wegen jeder Kleinigkeit sauer ist. Dann sehe ich sie Montag wieder, da freue ich mich schon drauf.

Anja

Oh, Herr Reller, eine Sprachnachricht. Gleich mal abhören. Das mit der Tapete im Wohnzimmer klappt heute nicht mehr und ich muss Montag wieder arbeiten. Aber werden wir schon hinbekommen, macht ja nichts. Auf der Sprachnachricht klingt seine Stimme so anders, in echt war die doch gar nicht so, ich weiß nicht, unsicher.

Na da werde ich ihm mal antworten, wenn es Montag gemacht werden soll, müssen sie gleich früh kommen, 7:15 Uhr muss ich los. Die Mädels stehen doch um die Zeit noch nicht auf.

Antwortet nicht, hat bestimmt wieder Stress.

02. August

Anja

Jetzt hat der Herr Reller noch gar nicht geantwortet, ob das morgen klappt. Muss ich nochmal fragen, ich muss ja arbeiten fahren.

Ok, das klappt, sehr schön, um 7 Uhr sind sie da. Und was steht da: „...vor allem sehe ich sie mal frisch." Ist der frech, der Typ. Probleme mit seinem Selbstbewusstsein scheint er schonmal nicht zu haben. Sollte „Mann" auch nicht, also, sofern es tatsächlich ein Mann ist. Das weiß ich aber nicht. Na warte, eine passende Antwort gibt es gleich dazu. Der Typ fängt an, mir Spaß zu machen.

Hab geschrieben, dass ich dann eine Stunde eher aufstehen muss, damit das „frisch" auch gelingt. Da ist er gespannt. Na und ich erst.

Leonhardt

Was schreibt denn Frau Marisch auf den Sonntag? Habe ich doch glatt vergessen, ihr zu sagen, dass es Montag früh klappt.

Mach ich schnell. Und ein kleiner Spaß muss auch sein: „...vor allem sehe ich sie mal frisch!". Schließlich hat sie mal geschrieben, dass wir uns früh sehen müssen, da ist sie noch frisch, wie das wohl aussieht. Da darf ich mich ja auf morgen früh freuen.

Jetzt schreibt sie noch, dass sie dafür eine Stunde ehr aufstehen muss, na das wird dann wohl ein grandioses Ergebnis geben, jetzt bin ich noch mehr gespannt.

03. August

Leonhardt

Auf geht's, Frau Marisch wartet. Da muss ich heute zeitiger los als sonst immer, aber wenn die Kundschaft ruft. Wie sie wohl „frisch" aussieht? Werde ich ja gleich mal sehen.

So, bin da und Frank auch. Los geht's, ich klingele. Schon macht sie auf. Ach du Scheiße, was ist denn jetzt los. Da schießt mir doch gleich was in die Hose, hoffentlich merkt sie das nicht. Sie bittet uns rein, fragt, ob wir Kaffee möchten. Aber gerne doch, ich zumindest, Frank verträgt das ja nicht. In ihrer schicken Küche hat sie schon mal eine schöne Kaffeemaschine. Dann wird der Kaffee sicher lecker. Schön von hinten anzusehen ist sie ja, geiler Arsch, knackig für ihr Alter, in den möchte ich mal greifen, vielleicht noch etwas anderes. Und diese Highheels, Scheiße. Jetzt dreht sie sich wieder um, was hat die bloß für wahnsinnig geile Brüste. Bloß gut, ich sitze, obwohl es gerade ganz schön eng wird bei mir da unten.

Präsentiert sie die hammergeilen Dinger eigentlich extra für mich oder trägt sie sie voller Stolz immer so? Könnte sie, die sind wunderschön und riesengroß, ich will sie anfassen. Da beneide ich ja jeden Kerl, der täglich in ihrer Nähe sein darf. Ich bin schon ganz hart. Und was erzähle ich da eigentlich, dass ich in der Nacht Lampen bestelle, wenn ich nicht schlafen kann. What the fuck? Ich rede nur Stuss. Na, kein Wunder, das Blut ist ja auch gerade woanders. Frank ist gerade verschwunden und ich habe gerade Kopfkino, was hier gleich passieren sollte.

Ach, sie wollte die Tapete sehen? Nein, die hole ich erst, du Vollweib.

Oh, sie muss jetzt los. Schade, schon wieder vorbei. Wir räumen die Tassen weg, ich berühre sie leicht an der Schulter, mal sehen, ob sie drauf anspringt. Natürlich nicht, was habe ich denn erwartet? Zumindest wird mich dieser Anblick jetzt eine Weile begleiten und für ein schönes Gefühl in meiner Körpermitte sorgen. Aber auch für das bedauerliche Gefühl, heute etwas verpasst zu haben.

Anja

Da sind sie ja schon, perfekt, sehr pünktlich. Das liebe ich ja, ist eine sehr gute Eigenschaft.

Ich lass die Beiden rein, also der Herr Reller ist schon ein heißer Typ, aber das werde ich mir mal lieber nicht anmerken lassen. Der Mitarbeiter, Frank, bereitet schon mal den Arbeitsbereich vor, er möchte auch keinen Kaffee, Herr Reller schon. Na, das mache ich doch gerne. Mal sehen, ob man sich mit ihm gut unterhalten kann. Manche Männer reden ja nur Stuss und dann denkt man, kannst Du jetzt gehen, du langweilst mich. Aber er nicht. Ist echt schön, mit ihm zu reden, mal etwas mehr als 3 Sätze. Was machen sie? Können nicht schlafen und bestellen dann Lampen bei Nostra forma. Aha, sie allein? Entscheidet da ihre Frau nicht mit? Ist ja komisch? Flirtest Du etwa mit mir? Ach, träum weiter Anja, warum sollte er denn? Kommt mir nur so vor. So, dann möchte ich jetzt mal die Tapete sehen. Ach die holt er jetzt erst. Mmh, warum ist er dann jetzt hergekommen?

Leonhardt

Dann fahre ich jetzt mal die Tapete holen. Erstmal muss ich wieder runterkommen. Na, ich fahre ja ein Stück, dann wird es schon.

Tapete geholt und wieder zurück. Ich schicke ihr gleich mal ein Bild davon, obwohl ich ihr lieber ein ganz anderes Bild schicken würde. Ich hoffe, es gefällt ihr. Ich finde, es sieht toll aus, so wie es an der Wand wirkt. War doch ein guter Tipp, na hoffentlich sieht sie das auch so.

Sie schreibt: „sieht ja klasse aus". So wie du Baby, aber das verkneife ich mir natürlich. Und dann noch: „War ein schöner Wochenstart und war meine Frische in Ordnung?"

Wenn ich jetzt die Wahrheit schreibe, ist sie gleich geschockt, vielleicht aber auch nicht. Also reiße ich mich mal zusammen und schreibe: „...war in Ordnung...mehr darf ich nicht sagen". Und ja, ich habe es wahnsinnig genossen, mich mit ihr zu unterhalten, aber der Anblick war noch besser. Kommt direkt ein: „DARF???"

Man ja, ich darf nicht, egal was ich will. Deshalb schreibe ich nur „Jupp" zurück. Kann sie ja draus machen was sie will. Und schon folgt: „Dann lassen wir das mal so stehen und ergänzen den Rest gedanklich..." Zwinker-Smiley. Gott, sei doch nicht so brav. Jetzt locke ich sie mal aus der Reserve. Das kann ich doch und schreibe: „Teufel und Engel sitzen gerade auf meiner Schulter".

„Ich bin für den Teufel, weil ich alles bin, aber sicher kein Engel" ist ihre Antwort. Echt jetzt? Also heute früh warst Du weit weg von Teufel. Okay, optisch der Teufel aber sonst? Schon lieb, aber ich mags eher anders herum. Und schon ist wieder Enge zu verspüren, die bringt mich in Teufels Küche und das schreibe ich ihr auch. Dann tut sie noch so schüchtern oder warum fragt man dann warum sie mich in Teufels Küche bringt? Den Teufel soll sie mir mal zeigen, ist meine nächste Frage. Ok, wann und wo kommt darauf hin. Da bin ich wohl grad zu weit gegangen und belasse es erstmal dabei.

Anja

Also jetzt wird es mal spannend. Auf dem Bild sieht die Tapete schon mal super aus, gut, dass ich mich habe beraten lassen. Wer weiß, welches verrückte Muster sonst an der Wand gelandet wäre. Hat natürlich seinen Preis, aber was solls. Wenn ich mich dann jeden Tag dran erfreuen kann, ist es das wert. Und ich möchte es ja minimalistisch und schön haben.

Dann werde ich ihm das mal schreiben, ich bin ja immer der Meinung, dass man es unbedingt sagen sollte, wenn man etwas gut findet. Natürlich auch anders herum.

Und dann frage ich gleich mal nach, ob meine „Frische" in Ordnung war. Auf die Antwort bin ich ja gespannt. Da kommt nur: „…war in Ordnung." Und „…mehr darf ich nicht sagen!" Okay, dann lassen wir das mal so stehen und ergänzen den Rest gedanklich, hat ihn scheinbar nicht vom Hocker gerissen, war ja auch nichts Besonderes, was ich da anhatte, Standard-Büro-Kluft eben. Dann werden wir jetzt mal weiterarbeiten.

Als ich dann nach Hause fuhr, war ich ja gespannt auf die echte Wand. Auf einem Foto kann es ja immer so oder so aussehen und die Realität ist dann besser oder schlechter.

Wow, wirklich, das sieht großartig aus, muss ich gleich fotografieren und meinen Freunden schicken. Alle Kommentare kommen prompt und fallen sehr positiv aus. Na das schreibe ich dem Herrn Reller mal, dass alle die Tapete großartig finden, inklusive mir.

Leonhardt

Noch mal schreibt mir Frau Marisch, dass sie ganz viel positives Feedback für die Tapete bekommen hat. Da habe ich wohl alles richtig gemacht. Freut mich, wenn meine Ideen gut ankommen. Und mit dieser geilen Couch wird es sicher hammermäßig aussehen. Dann antworte ich ihr gleich mal auf ihr „Warum?" zu meiner Aussage, dass sie mich in Teufelsküche bringt und auch auf ihr „Wann und wo?" als ich schrieb, dass sie mir mal den Teufel zeigen soll.

Anja

Was schreibt er da? Auf mein „Warum?" kommt ein „Weil es füüüür mich verboten ist". „Klar..." ist meine Antwort dazu. Wie bist Du denn drauf? Ich habe doch gar nichts Anstößiges geäußert, aber scheinbar hat er etwas hineininterpretiert und ich stehe mal wieder völlig aufm Schlauch.

Zu meinem „OK. Wann und wo?" schreibt er „Trotzdem seeeehr verlockend". Darauf bekommt er von mir ein „Mmh...Teufelchen!" und gibt mir ein „Sie machen es mir aber auch nicht leicht" zurück. Was mache ich Ihnen nicht? Also gemacht habe ich ja schon mal gar nichts, außer Kaffee.

Leonhardt

Oh Mann, jetzt gehts aber gerade in die falsche Richtung. Ich sollte das nicht tun, aber irgendwie ist es so spannend, dass ich nicht anders kann. Irgendwie scheint sie meine Antworten nicht gerade ernst zu nehmen und so klingen sie ja auch nicht. Schon sehr verlockend, diese Frau Marisch. Das wird mich jetzt eine Weile nicht loslassen. Aber irgendwie muss ich meine Gedanken von heute früh noch los werden.

Und so schreibe ich in einem Anflug von Wahnsinn: „…der Teufel in mir wollte gerade etwas zu Ihrem heutigen Outfit schreiben…ich lasse es aber lieber!"

Auf die Antwort bin ich nun wirklich sehr gespannt, bin mir gleichzeitig sehr sicher, dass sie neugierig genug ist, nachzufragen.

Anja

Wie bitte? Was wollte der Teufel in ihnen schreiben? Da meine Neugier grenzenlos ist schreibe ich also: „…1 x Teufel bitte…"

Leonhardt

Habe ich doch gewusst, dass auf diese Aussage die Frage nach dem, was der Teufel denkt, nicht lange auf sich warten lässt.

„...der Teufel in mir muss gerade an Ihre Highheels und Ihr leider Gottes viel zu enges T-Shirt denken!"

Auf die Reaktion bin ich jetzt noch mehr gespannt als auf die erste Nachfrage.

Anja

Das ist nicht wahr was er da geschrieben hat mit den Highheels und dem leider Gottes viel zu engen Oberteil. Das war das Heißeste, was er mir jemals geschrieben hat und was er mir vermutlich nicht einmal ansatzweise schreiben sollte. Da wird mir gleich sehr warm zwischen den Beinen und ich muss mir erstmal einen Wein holen. Aber Highheels trage ich immer, das ist echt erotisch, damit durch die Gegend zu laufen und das T-Shirt? War das wirklich so eng? Ich trage doch immer solche T-Shirts. Ist das etwa zu eng fürs Büro? Da komme ich ja gleich ins Grübeln.

Ich hole mir erstmal ein Glas Wein.

Aber er ist schon ein heißer Typ, aber erst jetzt, nachdem er mir so einige Sachen von sich erzählt hat. Und ich schreibe ihm, dass er mit seinem Aussehen auch nicht gerade für Beruhigung bei mir sorgt.

Leonhardt

Aha, sie trägt also immer Highheels, Gott, lass mich nicht zu sehr drüber nachdenken, ob sie die auch im Bett anbehält. Und ich trage mit meinem Aussehen nicht zu ihrer Beruhigung bei und unsere erste Begegnung war schon elektrisierend. Ach wirklich? Ja, das war anders als sonst, irgendwie, ich weiß nicht, kann es nicht beschreiben. Na gut so, quitt pro quo, Ausgleich.

Also lege ich nochmal nach: „…die Highheels sind sehr sexy und Ihr enges Shirt lässt Ihre Fraulichkeit sehr gut wirken!"

Was natürlich komplett falsch ist, es hätte heißen müssen: „…leider konnte ich dir nicht die Klamotten vom Leib reißen, denn nichts anderes wollte ich in diesem Moment!" Irgendwas läuft hier gerade komplett in die falsche Richtung, oder in die richtige?

Und sie findet, dass ich nicht zu ihrer Beruhigung beitrage, wie denn das? Ich muss furchtbar aussehen, zumindest fühle ich mich gerade so und antworte ihr: …überarbeitet und eigentlich total ausgelaugt…tollll"

Scheint sie nicht bemerkt zu haben, aber gut, nach den kurzen Momenten, in denen wir uns bisher gesehen haben kann man das vielleicht noch nicht sehen.

Anja

Wow, er schiebt noch so ein Kompliment hinterher. Ich bedanke mich einfach und freue mich, dass ein Mann so schöne Worte für mich hat. Kann mich nicht erinnern, jemals so einen erotischen Schlagabtausch gehabt zu haben.

Und im nächsten Moment frage ich mich, wie denn ein Herr Reller aussieht, wenn er relaxt und entspannt ist? Auweia, dann ist er noch mehr ne Waffe und dürfte nicht in meiner Nähe sein…

Und das schreibe ich ihm dann auch.

Leonhardt

Jetzt schreibt sie, dass wenn ich entspannt und relaxt bin, noch mehr eine Waffe bin und dann nicht in ihrer Nähe sein dürfte.

Warum denn nicht? Was wäre denn: „…sonst?"

Anja

Hui, jetzt wird es langsam heißer. Er will wissen, was wäre, wenn er dann in meiner Nähe wäre. Ist ja nicht so schwer. Ich schätze, dass es dann zu unangemessenen Körperkontakten komme würde und es so enden würde, wie er es nicht will.

Nicht „darf" kommt daraufhin. Ist ja völlig egal, wollen oder dürfen spielt ja dann eh keine Rolle mehr. Es kommt eh alles so wie es kommen soll und wenn es heute früh dazu gekommen wäre…

Nein, wäre es nicht. Das bin ich nicht.

Ob das wohl die Versuchung war, von der er kürzlich sprach? Muss ich gleich nachfragen.

Leonhardt

Mist, sie hat es doch nicht vergessen. Ich hatte gehofft, dass sie vergisst nachzufragen, was denn dieser größte Fehler war. Aber da scheinen Frauen ja ein Elefantenhirn zu haben. Also werde ich jetzt mal antworten, dass es schöner, geiler, schmutziger Sex war, mein Gehirn einfach weg war. Aber warum nicht, ich war jung, ungebunden…

Anja

Da lag ich ja gar nicht so schlecht mit meiner Vermutung. Warum soll man denn auch keinen schönen, geilen und schmutzigen Sex haben. Und bereuen bräuchte er natürlich gar nichts, wenn man jung und ungebunden ist sollte man das voll auskosten und die Dinge erleben, an die man sich 20 Jahre später noch gern erinnert, wenn vielleicht auch allein und mit einem verschmitzten und süffisanten Lächeln.

Da hat er mir aber gerade echt Lust auf Sex verschafft, na ist ja auch schon eine Weile her und leider schreibe ich das auch noch.

Und jetzt schreibt er das Schlimmste, was er mir hätte schreiben können…: War eine herrliche Zeit…mit einer Frau alles machen können und wenn es ihr noch gefällt!!! Ein Traum!"

Das war ganz schlecht, mir so etwas zu schreiben, das dürfte ja wohl der wahrhaftige Traum einer jeden Frau sein, wenn der Mann Lust auf ALLES hat. Gut, dann spreche ich einfach nur mal von mir, ich würde es unfassbar geil finden, so einen Mann zu haben. Das wird es mir nicht erleichtern loszulassen. Aber das kommt sicher sehr schnell auch ohne mein Zutun.

Dann schreibt er noch, dass es trotzdem schön ist, wenn einer die Zügel in der Hand hat. Da hat er schon wieder recht. Sich auch mal treiben lassen, alles mit sich machen lassen, klingt echt nicht schlecht. Und dann soll der Mann aber auch Mann sein und seine Männlichkeit und gerne auch so eine gewisse Arroganz raushängen lassen. Und bestimmend sein, sehr bestimmend.

Leonhardt

Da hat sie ja sehr entspannt reagiert auf meine Offenbarung. Und schreibt, dass das Leben auch viel zu kurz ist für schlechten Sex. Klar ist das so, aber nach den meisten Jugendsünden kommt es dann doch in der festen Beziehung oder Ehe eher zu Blümchensex. Außerdem wird man ja dann auch eher ruhiger, neben der Arbeit und der Kindererziehung bleibt ja auch kaum noch Zeit für entspannte Zweisamkeit. Es macht ihr Spaß mit mir zu schreiben, ja mir auch, ist echt erfrischend und wehe, wenn ich damit aufhöre ergänzt sie noch. Irgendwann muss ich aber aufhören damit, da werde ich nämlich das Interesse verlieren, weil die Spannung weg sein wird. Und das irgendwann möchte sie mit mir verhandeln, da bin ich ja gespannt, wie das vor sich gehen soll. Aber witzig ist sie schon, kein Wunder, dass ich mir hier die Abende vertreibe. Jetzt bin ich wirklich gespannt, wie das gehen soll. Und schon zieht sie hart die Bremse, schreibt, dass sie es nun geschafft hat mich neugierig zu machen und bedankt sich für einen aufregenden Abend, den sie dringend für wiederholungsbedürftig befindet. Da stimme ich direkt zu, so ein kleiner Teufel, wehe, wenn sie losgelassen wird.

10. August

Anja

Herr Reller hat was im Status. „Rothaut und Bleichgesicht on tour... 5. Geburtstag". Ist ja lustig, an Nettis Geburtstag hat auch sein Sohn Geburtstag, da macht es gleich pling in meinem Kopf. Und als ich seinen Sohn ansehe gefriert mir fast das Blut in meinen Adern. Er sitzt da wie David, wie mein süßer Schatz, der nur 7 Jahre alt werden durfte, er stützt die Hand auf, so wie David es auch immer gemacht hat. Das haut mir fast die Füße weg. Aber süß sehen sie aus, wie sie so dasitzen und essen.

Also schreib ich ihm, nachdem ich das verdaut habe: „Ist ja witzig, meine Schwester hat heute auch Purzeltag." und „Glückwunsch an den Süßen!". Kommt direkt, sein Opa wäre heute 95 geworden, noch so ein Ding, mein Opa ist an Lisas erstem Geburtstag gestorben. Na das muss ich ja nicht schreiben. Das geht noch etwas hin und her und dann schicke ich ihm ein Bild von meinem Couch-Einweihungswein. Daraufhin kommt ein: „Ob das wohl gut geht auf einer neuen Couch?". Und ich antworte ihm: „Kommt sicher darauf an, was man außer „brav" den Wein zu trinken noch macht...!" und das „Teufelchen-Smiley".

Hui, geht ja schon wieder los. Aber verdammt nochmal, was tut dieser Kerl da. Eigentlich flirtet er nur, aber irgendwie bringt er mich dazu, Dinge aus meinem Unterbewusstsein zu holen, die ich vermisst habe, die aber bisher nicht möglich waren. Aber da gab es mal einen, Karsten, ...hatten wir geilen Sex, jünger als ich war er. Wir waren wahnsinnig gut befreundet, mehr nicht, wir hatten keinerlei Interesse aneinander als unsere Freundschaft und wir hatten mega Spaß miteinander. Wie jetzt mit Robert, na gut fast, mit dem ich mir auch nichts anderes vorstellen kann als unsere wunderbare Freundschaft. Der Freund, den ich damals hatte, war ein Idiot, mit dem konnte man keinen Spaß haben, keine Lebensfreude, aber Karsten war da ganz anders. Und als mein Freund mal wieder eher von der Disco nach Hause ging als ich, da ist es passiert. Wir haben noch bis zum Schluss getanzt, und das konnte er wie ein Gott, dann haben wir noch ewig draußen gequatscht. Ich wollte mich verabschieden und da ist es dann passiert. Wir haben uns geküsst, wie zwei Ertrinkende, bis unsere Lippen wund waren. Den Kilometer bis zu ihm nach Hause sind wir gerannt, konnten es nicht erwarten übereinander her zu fallen. Die Klamotten lagen überall und noch bevor er überhaupt in mir drin war hat er mich gefragt wie ich es denn wolle. Wir haben uns beim Sex immer in die Augen gesehen, vor allem, wenn wir uns gegenseitig befriedigt haben, ich habe diese Augen immer noch vor mir. Und so blieb es auch für die Zeit, in der wir danach zusammen waren. Was folgte, war die befriedigendste, sexuell geilste Zeit in meinem Leben. So etwas habe ich danach nie wieder erlebt, Irgendwie erinnert mich Herr Reller an Karsten. Ich kann nicht sagen warum, vermutlich ist es diese leichte Arroganz und dieses wahnsinnige Selbstbewusstsein was ich an Männern sehr liebe, intuitiv vielleicht, mein Bauch sagt es mir und der hat ja bekanntlich immer recht.

Als er dann schreibt „...da ist er wieder!" muss ich doch gleich mal fragen ob er ihn schon vermisst hat. Daran denken musste er schon. Falsche Antwort.

Möglicherweise mache ich jetzt einen großen Fehler, aber bevor mein Hirn es verhindern kann schreibe ich: „Ich auch, war schon wahnsinnig erregend, was sie mir da so offenbart haben und wie es wohl wäre, auf dieser Couch schönen, geilen und schmutzigen Sex mit Ihnen zu haben. Da Sie das scheinbar so lieben wie ich auch." Hinterher schicke ich noch „Tut mir leid, dass ich das wirklich geschrieben haben!"

Leonhardt

Ihre Schwester hat heute auch Geburtstag, ist ja witzig. Und einen schönen Rotwein zum Couch einweihen hat sie auch schon da. Da hätte ich schon ein paar Ideen, wie man sie einweihen sollte. Das hat dann aber nichts mehr mit Wein trinken zu tun.

Eine Idee hat was mit Highheels und einem bestimmten weißen, ziemlich engen T-Shirt zu tun, was meine Hose immer noch eng werden lässt. Mist, die Chance habe ich am Montag verpasst, aber wer weiß, ob sie mitgemacht hätte. Aber so wie sie mich angesehen hat, wäre da vielleicht was gegangen. Oder vielleicht Highheels und Strapse. Ihre Brüste in Strapsen, das muss ja auch der Wahnsinn sein. Leonhardt, jetzt beruhige Dich mal wieder. Deine Phantasie ist grad zu stark. Und da ist er ja auch wieder, der Teufel. Gleich fragt sie, ob ich ihn schon vermisst habe. Baby, dein T-Shirt habe ich vermisst, den Gedanken, deine Brüste zu berühren, Dich von hinten zu nehmen und dabei diese Brüste in meinen Händen zu halten, wird mich vermutlich nicht schlafen lassen.

Mal etwas harmloser antworte ich: „...daran denken musste ich schon!"

Was sie mir antwortet, hätte ich in meinen kühnsten Träumen nicht erwartet: „...und wie es wohl wäre, auf dieser

Couch schönen, geilen und schmutzigen Sex mit Ihnen zu haben. Da Sie das scheinbar so lieben wie ich auch."

Jetzt platzt meine Hose gleich, das kann ich natürlich nicht schreiben, aber, Himmel nochmal, was ist denn jetzt los? Ich hätte was dagegen gewettet, solche Worte von ihr zu lesen. Hab mich direkt verschluckt und schreibe dann nur „verdammt". So etwas wollte ich lesen und doch wieder nicht.

Dann schreibt sie noch, dass ihr Hirn ihre Finger nicht davon abhalten konnte, das zu schreiben. Und dass unsere 1. Begegnung sie elektrisiert hat. Und dann, wo sie sich verstecken kann. Du kannst dich mit deinen Megabrüsten direkt auf meinem Schoß verstecken, dann hätte ich auch noch was davon.

So aber schreibe ich, scheinbar entrüstet von mir selbst: „…was habe ich nur getan?"

Sie will sich vor dem verstecken, was sie geschrieben hat. Oh nein, nicht verstecken, mach lieber weiter so.

Anja

Ich habe das wirklich geschrieben. Das ist weit weg von der Anja, die so etwas niemals tun würde.

Ich möchte mich am Liebsten verstecken, nur leider war es ehrlich. Und Herr Reller schreibt: „…Sie brauchen sich nicht zu verstecken!!! Es macht mich schon…!"

Was macht es? Muss ich sofort fragen und es kommt: „…heiß!" Ich glaube, ich brauche etwas zum Kühlen, am besten gehe ich direkt in den Eisschrank. Aber es wird mir

auch nicht helfen also schlage ich vor, dass ich erstmal duschen gehen werde.

Leonhardt

Nachdem ich ihr geschrieben habe, dass es mich schon
heiß macht, scheint sie dringend Abkühlung zu benötigen.
Da wäre ich doch gern behilflich. Sie will erstmal duschen
gehen. Wenn ich gerade daran denke, was in ihrer großen
Dusche passieren könnte, wenn ich dabei wäre, ist auch für
mich gerade sehr ungeeignet, die Enge in meiner Hose zu
lindern.

12. August

Leonhardt

Na mal schauen, ob heute noch etwas Unterhaltung geht.

Ach Frau Marisch hat wieder was im Status. Wo geht sie denn nun wieder hin, zum Benecke, der ist ja auch interessant, würde ich glatt mitgehen, aber nur wenn sie wieder dieses enge T-Shirt trägt.

Werde ich ihr mal viel Spaß wünschen.

Was? Sie fährt jetzt nach Berlin, ihre Freundin abholen, spontan ist sie ja scheinbar.

Und schickt mir ne Sprachnachricht. Na, das ist jetzt ganz schlecht, aber beim Autofahren zu schreiben ist ja auch nicht gut.

Möchte wissen was sie anhat! Aha, einen Jumpsuit und vorher Highheels und enges Shirt. Heiß, das hätte ich ja nur zu gern gesehen. Auf mein „bööööse" schreibt sie nur, dass ich es ja verpasst habe, das stimmt, das hätte mir heute gute Laune verschafft. Was schreibt sie da? Böse ist nur, wenn außer den schwarzen Highheels nur noch 2 weitere klitzekleine Teile am Körper sind. Oh nein, sofort werde ich hart, und stelle mir ihre riesigen Brüste und ihren geilen Arsch in Strapsen vor. Das ist schon in Gedanken fast zu viel für mich. Als ich dann Strapse vorschlage kommt nur ein „Volltreffer" und welche Belohnung gewünscht wird. Oh Baby, du kannst direkt vor mir niederknien und dich ans Werk machen.

Dann schickt mir dieses freche Luder noch ein voll verpixeltes Bild von ihrer Couch. Auf der würde ich sie ja auch sofort nehmen wollen. Stelle mir gerade vor, wie sie da liegt mit den Strapsen und den Highheels und nur darauf wartet, dass ich es ihr besorge.

Anja

Heute kommt Ivonne. Ich bin so aufgeregt, ich glaube es ist fünfzehn Jahre her, seitdem wir zwei uns gesehen haben und jetzt kommt sie gleich für fünf Tage. Ob das wohl gut geht, solange, wir beiden auf einen Haufen. Ach klar, wir waren uns ja schon immer sehr ähnlich, verrückt, für jeden Spaß zu haben aber nie primitiv und oberflächlich. Ich glaube von unserer damaligen Clique war sie die einzig Intelligente.

Ach, der Herr Reller schreibt wieder: Viel Spaß, beim Benecke, keine Ahnung, ob das Spaß wird, aber davon gehe ich erstmal aus.

Was schreibt er? Was ich anhabe? Ach je, nichts was ihnen nur ansatzweise gefallen würde, aber das davor wäre genau ihr Fall gewesen. Also schreib ich ihm: Jumpsuit, davor Highheels und enges T-Shirt. Der arme Kerl scheint ja gar keine optischen Freuden zu haben. Und böse ist es, wieso? Böse ist es doch nur, wenn die Highheels Teil der Deko für noch zwei kleine Fetzen sind. Na mal sehen, was ihm dazu einfällt. Strapse, na das war ja fast klar. Also für dich würde ich ja gerne mal solche Teile anziehen, am besten mit dir aussuchen und dann gleich mal in der Kabine schauen lassen, ob die sich auch gut anfühlen. Oder so etwas Ähnliches.

Er hat eine Art an sich, meine Phantasie zu wecken, das ist irgendwie noch Keinem gelungen. Wie macht er das bloß?

13. August

Anja

Dann habe ich mich erstmal um Ivonne gekümmert, um ein Uhr bin ich dann ins Bett, habe aber Herrn Reller noch kurz geantwortet, dass wir ja dann nochmal Farbenanalyse machen können oder so etwas Ähnliches.

Leonhardt

Gestern hat sie mir nicht mehr geschrieben, da war sie bestimmt auf dem Flughafen angekommen, aber um ein Uhr kam noch eine Antwort, dass wir ja nochmal die Tapeten anschauen können.

Klar, gerne doch, aber nur, wenn sie keine Highheels und kein enges T-Shirt anhat schreibe ich ihr. Meine ich natürlich nicht, mal sehen wie sie reagiert. War klar, sie schreibt, dass sie dachte: „…aber bitte in Highheels und Strapsen!"

Und da muss ich jetzt mal wieder ehrlich sein und schreibe ihr: „…eigentlich ja…aber das geht doch nicht gut!"

Anja

Jetzt antwortet er doch noch kurz vor Feierabend, dass wir das gerne machen können aber nicht in Highheels und zu engem T-Shirt. Na, wie ist das denn jetzt gemeint? Die Ansage hätte doch lauten müssen: „…nur in Highheels und Strapsen!"

Und als ich das hinterfrage, kommt auch ein:"…eigentlich ja…!"

Traue ich mich eh nicht, also besteht keine Gefahr, aber reizen würde es mich schon.

Leonhardt

Tu es bitte nicht, keine Highheels, keine Strapse, keine schönen Dessous, am besten ein Jutesack, aber selbst das würde mich vermutlich bei ihr antörnen. Aber die Vorstellung, dass sie mir die Tür öffnet, nur in Strapsen und Highheels lässt mich gleich wieder in andere Sphären abdriften.

17. August

Anja

Hab Lust, Herrn Reller einen schönen Tag zu wünschen.

Mache ich auch, keine Ahnung, warum mich dieses Bedürfnis gerade so antreibt.

Wir hatten so ein schönes Wochenende bei unserem Sippentreffen. Das war so toll, wir waren fast dreißig Leute, erst waren wir paddeln, dann bei meiner Cousine Daniela. Die Männer haben gegrillt und die Frauen hatten jeder einen Salat gemacht, es war also, wie bei uns üblich, wieder viel zu viel von Allem da. Aber dieses Miteinander von ganz klein bis wirklich schon sehr alt hat mich an die Geburtstage erinnert, als ich noch Kind war und immer alle zusammen gefeiert haben. Bei Muttis fünf Geschwistern musste da jeder Raum genutzt werden, manchmal haben wir sogar im Flur gegessen, bestenfalls hatten wir Kinder die Küche für uns. Bei Tante Lene musste ich immer neben dem Topf stehen und mit ihr Frikassee machen, was hat mich das genervt, aber Frikassee kann ich genau deshalb bis heute.

Ich vermute, dass es diese Sentimentalität war, die mich nach solchen berührenden Erlebnissen erfasst, dass ich mich mitteilen musste und das macht man bekannt nur bei einem resonierenden Gegenüber.

Herr Reller schreibt, dass er das über meinen Status verfolgt hat, wie schön, dann hat er bestimmt einen Hauch davon, wie es bei uns zugeht. Nur um die Lautstärke ist er drum herumgekommen, Glück gehabt.

Dann habe ich noch geschrieben, dass ich ihm eigentlich noch ein schönes Bild schicken wollte, aber grad zu sentimental bin. Es hat mich auch wieder einmal sehr berührt und ich wollte mich mitteilen, so bin ich eben manchmal.

Leonhardt

Wie schön, Frau Marisch wünscht mir einen schönen Tag und will mir noch ein „schönes" Bild schicken. Da hat der Teufel wohl wieder keine Ruhe gelassen, da freue ich mich schon drauf. Aber sie schreibt, dass sie dafür gerade zu sentimental ist. Ich habe ihr Wochenende im Status verfolgt, scheint eine riesige Familienfeier gewesen zu sein. Bestimmt dreißig Leute, na die sind ja eine große Familie. So etwas finde ich toll, wenn man als Familie zusammenhält, zusammen ist und es dann auch mal solche Feiern gibt. Würde es bei uns nicht geben, der Neid und die Missgunst sind halt in manchen Familien unüberbrückbare Hindernisse für ein gemeinsames Miteinander, was solche Feiern völlig unmöglich macht.

Aber was für ein Bild wollte sie mir denn schicken, das muss ich aber wissen.

Das, was sie mir noch schuldet, schreibt sie und Stichwort: „verpixeltes Couchbild!" Ach wirklich, da bin ich aber gespannt und ich schreibe ihr, dass sie böse ist. Klar, aber für ein Schmunzeln hat sie doch gleich wieder gesorgt.

Anja

Heute ist auch meine Bonsai-Nachttischlampe gekommen, die ist so schick, hat ein wunderschönes Licht und mit Bluetooth Anschluss und ist einfach nur schön. Meint auch Herr Reller, der mir abends noch schreibt, dass sie sehr schick ist.

Als ich ihm dann schreibe, dass ich alles in Ruhe wirken lassen muss, bevor ich weiter entscheide und dazu schreibe, dass die Couch auch im Wohnzimmer rumwandert und ob er die Couch eigentlich schon gesehen hat, kommt nur ein:"…neeeeeeeeiiiiinnnn"

Leonhardt

Schon geht das wieder los, sie fragt, ob ich die Couch schon gesehen habe, natürlich mit Teufel-Smiley und ich schreibe nur ein sehr langgezogenes nein.

Sie will wissen, wie sie das deuten soll, na wie schon, wenn der Teufel dabei ist. Das nimmt doch heute wieder kein gutes Ende. Sie will wissen, ob sie den Engel rauslassen soll. Da bin ich mir selbst nicht sicher, ich glaube nicht, also schauen wir mal, wie das heute wieder ausgeht.

Ich schreibe ihr, dass sie mich in Versuchung bringt. Das ist nicht gut, meinen tue ich es aber nicht so.

Anja

Aha, ich bringe also Herrn Reller in Versuchung. Das stimmt wohl. Aber wenn er sich wirklich dagegen wehren wollte, hätte er es längst getan, Kontakt löschen, die Rechnung kann man auch in den Briefkasten werfen. Und schon wäre Ruhe auf diesem Kanal. Also schreibe ich ihm, dass ich es nicht überzeugend finde, nicht ansatzweise. Er will wissen, was von den beiden Argumenten. Also wie Gegenwehr klingt es nicht, wenn er es langweilig haben wollte, hätte er das längst getan.

Leonhardt

Mist, sie hat mich auf dem rechten Fuß erwischt. Ich behaupte, dass es nicht gut ist, dass sie mich in Versuchung bringt, aber sie schreibt mir direkt, dass es sie nicht überzeugt. Aber ich kämpfe doch eigentlich dagegen an, scheint aber nicht so anzukommen, sie hat schon ein gutes Gespür, zwischen den Zeilen zu lesen. Sie schreibt noch, dass ich nicht in Gefahr bin, weil ich ja nicht in ihrer Nähe bin. Als wenn ich mich in Gefahr fühlen würde, wenn ich in ihrer Nähe wäre, aber gut wäre es deshalb nicht, weil ich mich sicher nicht beherrschen könnte. Ich schreibe ihr noch, dass es nicht gut wäre, weil sie zwar allein ist, aber ich nicht. Jetzt sagt sie, dass ja nichts geschehen wird, was ich nicht will. Aber wenn mein Körper statt meines Verstandes die Regie übernehmen würde, könnte ich noch so versuchen standhaft zu sein, es würde mir nicht gelingen. Ist ja einfach, total. Verdammt, ist es eben nicht. Ich muss mich von ihr fernhalten. Es geht mir scheinbar so wie ihr und sie fragt, ob ich damit meine, ob ich heil aus der Nummer rauskomme. Naja, so ungefähr schon. Sie schreibt noch, dass sie keine Erfahrung mit Affären hat und insofern die Gefahr, dass etwas passiert gering ist, aber der Suchtfaktor hoch. Klar, es ist schon aufregend, was hier zwischen uns passiert.

Anja

Ach, der Herr Reller hat schon eine wahnsinnig charmante Art, sich immer wieder von Anziehung zu Abstoßung zu hangeln. Natürlich sollte er sich nicht in Versuchung bringen, wenn er Frau und Kind zuhause hat. Ich unterstelle mal, dass in seinem Leben aber ein recht großer Mangel herrschen muss, wenn er sich so oft und dann stundenlang mit mir und wem auch immer noch schreibt, Gelegenheiten zum Kennenlernen hat er ja schon aus beruflichen Gründen täglich.

Ich schreibe ihm noch, dass ich jetzt hier wohne, weil ich eben glücklich sein möchte und das Leben genießen will und dass er dann daherkam und mich aus dem Gleichgewicht gebracht hat. Genau, da will er wieder nichts gemacht haben. Ich bin ja der Überzeugung, dass man Niemandem im Leben nur so begegnet und dass es wohl so sein sollte, dass wir uns passieren sollten.

Er schreibt dann noch, dass ich eine sehr schöne Begegnung bin, charmant wie immer, und verabschiedet sich damit.

31. August

Anja

Heute war der Meier vom Bäderstudio da, hat mir mein Waschbecken für das Bad oben gebracht und war wie immer sehr gesprächig. Dass er ja jetzt eigentlich in Norwegen wäre, mit den Anderen angeln, dem Schneider, dem Reller und wie so alle heißen würden. Aber er hat ja Gürtelrose, das musste er mir auch noch zeigen, sah ja gefährlich aus und dann ist ja noch sein Vater gestorben und zur Beerdigung wäre er ja dann nicht pünktlich zurück gewesen. Hat er mir gezeigt, was für einen riesigen Fisch die dort gefangen hatten und meinte, da ist er, der Schneider und der Reller. Und ich dachte so: Ach, das ist Herr Reller? Na ich hätte ihn ja gar nicht erkannt. Heiß sieht der wieder aus. Mit seinen langen Haaren, da würde ich ja gern mal drin wühlen während er sich mit mir beschäftigt.

Hab ihn gebeten, mir das Bild zu schicken, kann ich ja mal dem Herrn Reller schreiben. Hat er auch gemacht und erzählt und erzählt, was er denn so macht den ganzen Tag und wie es mir denn hier gefällt und dass er um die Ecke wohnt und so. Also, der hat auch immer Zeit zu quatschen und warum auch nicht.

Also habe ich dem Herrn Reller dann geschrieben: Toller Fang inklusive des Bildes. Die Antwort kam recht schnell, dass er nur gegafft hat und den Fang andere zu verantworten hätten. Und wie ich an dieses Bild komme. Das wollte er nun ganz genau wissen und nach ein bisschen hin und her kam er auf Meier.

Natürlich sind wir ziemlich schnell wieder ins Erotische gerutscht, diesmal habe ich eröffnet mit dem Teufel-Smiley und das ich da so Erinnerungen hätte.

Das wollte er dann wieder ganz genau wissen, was die denn wären. Habe ich geschrieben: Wenn ich Sie in die Finger kriege und jugendfrei ist weit entfernt davon. Wenn ich so an den 10. August denke.

Jetzt geht er erstmal duschen und in die Sauna. Da stelle ich mir doch grad schon wieder vor, wie er mich in meine schöne große Dusche zerrt, mich auszieht und ohne Vorwarnung von hinten nimmt. Davor in die Sauna, in eine 2-Mann-Sauna natürlich, da könnte man sich ja schon einmal vortasten und ein kleines bisschen heiß machen, da reichen dann aber 92 Grad nicht mehr aus.

Habe ich ihm fast genauso mitgeteilt, aber ohne meine Phantasien, nachher geht er noch mit einem Ständer in die Sauna, wäre ja etwas verdächtig, aber dann muss er das Handtuch eben enger rumwickeln.

Es wollte mir auch nicht leidtun, was ich geschrieben hatte, habe mich aber schonmal für die vielen schönen Teufelchen bedankt.

Hab ihm dann geschrieben, dass ich doch immer schreibe was ich denke, und dass er das doch weiß.

Er ist gespannt, wenn ich ihn in meine Finger bekomme. Ich auch, das wird wohl nie etwas.

Ich:

die Mädels, die Wohnung und immer nur arbeiten, Er:

Kind, Familie, Haus und immer nur arbeiten.

Da können wir unseren Phantasien freien Lauf lassen, sie werden sich sowieso nie erfüllen. Ich meinte dann so, dass er vielleicht lieber Angst haben sollte und das hat er wohl auf keinen Fall.

Dann habe ich nochmal aus dieser hottesten Nachricht ever zitiert, wo er geschrieben hatte, dass er es so schön fand, mit einer Frau alles machen zu dürfen und wenn es ihr noch gefällt…

Das war natürlich der Knall in meinem Kopf gewesen, der das Kopfkino so dermaßen angeheizt hat, dass ich nicht dagegen ankomme, mir andauernd zu wünschen, dass er genau das mit mir tut. Vermutlich ist er so ein kleiner Gigolo, der nichts anbrennen lässt. So, wie er auf meine Statusbilder reagiert hat, schon irgendwie mit Methode.

Habe ich geantwortet, dass er das geschrieben hatte und dass es mich so wahnsinnig neugierig auf ihn macht. Er dürfte doch aber eigentlich gar nicht. Hey Typ, komm schon, Du machst es doch aber, brauchst noch bissel Ego-Streicheln, oder? Ich weiß, habe ich geschrieben, dass ich nicht versuchen sollte, ihn zu verführen, aber dass ich es trotzdem möchte. Anja, was ist aus dir geworden, so etwas hast Du noch nie geschrieben, aber verflucht nochmal, ich denke es genau so und dann schreibe ich es eben auch. Mal sehen, wie weit man mit so viel Offenheit kommt. Wollte er mich doch tatsächlich als ein freches … bezeichnen und es mir auch noch von Angesicht zu Angesicht sagen.

Und da ist meine Phantasie direkt durchgedreht, wollte er natürlich gleich wissen und ich habe ihm vom passiven Genießen erzählt. Ich darf alles mit ihm machen und er nichts, dass das wohl Höllenqualen für ihn werden würden aber für mich ein Hochgenuss, weil genau eine Stelle tabu ist. Fand er böse und ich möchte wissen, wie sein Prachtstück sich bei diesen Worten gefühlt hat? Ging wohl ein Kopfkino an.

Und bei mir auch.

Ich habe mir vorgestellt, wie ich ihn auf mein Bett ziehe, ihn ganz langsam ausziehe, Stück für Stück, und seinen Körper, von dem ich nicht ansatzweise weiß wie er aussieht oder sich anfühlt, berühre, jedes Stück davon möchte ich erkunden, mit meinen Lippen berühren, von oben nach unten würde ich mit meinem Lippen wandern und ganz lange in der Mitte verweilen und dann bis runter zu den Zehen wandern.

Ob es wirklich möglich ist, sein Prachtstück außen vor zu lassen?

Aber Sinn der Sache ist ja, dem Mann Freude zu bereiten, seinen Körper zu erforschen und dabei heraus zu finden, was ihm Freude bereitet. Ich glaube, das wäre wirklich ein Hochgenuss für mich, so ohne mit der eigenen Erregung beschäftigt zu sein und seinen Genuss zu meinem Genuss werden zu lassen.

Sonst wollte man ja immer nur gut genug sein, damit man auch ja die Sexgöttin für den anderen ist. Aber wirklich den Körper das anderen zu entdecken, die sicher vielen Besonderheiten wahrzunehmen, zu fühlen, berühren, einfach nur mal zu geben, muss wohl noch erfüllender sein und bestens auf das vorbereiten, was da hoffentlich noch kommt.

So detailliert habe ich es natürlich nicht geschrieben, ich wollte ihn ja auch nur dazu verführen, wieder einmal das Gedankenkarussell anzuschieben und ihm ein schönes Gefühl verschaffen.

Und das tabu kann man ja immer noch aufweichen. Ob man es wohl schafft, den Schwanz außen vor zu lassen? Ist das dann nicht wirklich etwas zu viel des Bösen. Nein, das ist die Strafe für monatelanges Warten. Aber auch die eigene Strafe. Vielleicht kann man ja den Sex und den Mund außen vorlassen und alles andere zulassen. Ich versuche immer mir vorzustellen wie er wohl aussieht, groß oder klein, kurz oder lang. Eigentlich ist es auch egal. Wenn ein Mann damit nichts anzufangen weiß kann er noch so schön sein. Aber dann könnte ich sein Prachtstück zumindest anfassen, jeden Millimeter davon entdecken und ganz zart darüber streichen um dann gleich ganz fest zuzupacken und ihn zu massieren. Seine feucht glänzende Eichel nur anzuschauen, ohne sich die Lusttropfen holen zu dürfen, wäre dann wohl die Höchststrafe, aber für mich. Und wenn er dann in meiner Hand kommen würde, welcher Genuss das wäre, dieser aber dann für beide.

Gar nicht auszudenken, wenn es anders herum wäre. Ob es wohl an Spannung zu überbieten wäre? Ob er es genießen könnte? Nur zu geben? Ohne an sich selbst zu denken, an seine eigene Befriedigung? Nur mir Genuss zu bereiten und dies zu seinem Genuss werden zu lassen? Meine Brüste zu berühren ohne zwischen meinen Beinen sein zu dürfen? Ich glaube, ich würde es vor Erregung keine fünf Minuten aushalten. Die Vorstellung, wie er meine Brüste kneten und an meinen Nippeln saugen würde bis ich nicht mehr kann, lässt mich jetzt schon wieder nass werden. Wie macht er das nur immer? Jeder Schlagabtausch endet so. Ich, immer völlig nass muss mir dann erstmal selbst Entspannung verschaffen. Und wehe, ich hole mir einen Wein dazu, dann schreibe ich Sachen, von denen ich nicht einmal wusste, dass ich sie denken kann.

Leonhardt

Wie kommt sie denn an dieses Bild? Der ist auch alles zuzutrauen. Und ich hier in Norwegen auf Fischfang, obwohl ich gar nicht gerne angele. Aber die Natur ist einfach grandios und die Woche Auszeit kann ich dringend gebrauchen, lustig ist es außerdem mit den Jungs. Aber auch bissel langweilig, da kommt ein kleiner Plausch gerade recht. Die hat mich ganz schön heiß gemacht, als wir uns die letzten Male schrieben. Und ihre geilen Brüste in diesem wahnsinnig engen Shirt bekomme ich gar nicht aus meinem Kopf. Möchte wissen, ob die wirklich so groß sind, oder ob sie sie gepusht hat, Mogelpackung sozusagen.

Hör auf Leox, lass das, du sollst doch nicht schon wieder.

Ach Mist, sei es drum, mal schauen, was uns heute wieder einfällt. Wir sind ja immer ziemlich schnell auf einem heißen Level und dann muss ich wohl aufpassen, dass keiner merkt, was bei mir gerade wächst. Aber ich lass mich nur zu gerne anheizen und spiele das Spiel mit.

Wie jetzt? Passives Genießen? Was soll das denn sein? Also Ideen hat sie ja, ob sie es auch machen würde, steht natürlich auf einem ganz anderen Blatt. Aha, sie schreibt, sie darf alles mit mir machen und ich nichts. Da ist doch ein Haken! Na klar, eine Stelle ist tabu. Das kann doch nur mein Schwanz sein. Baby, gerade der braucht ganz viel Aufmerksamkeit in Form von Kontakt am liebsten mit einem schönen Mund und Händen, die wissen, was zu tun ist.

Vielleicht hält sie es ja nicht aus oder weicht ein klitzekleines bisschen ab. Und schon wird mir meine Hose wieder zu eng.

Und wie wäre das dann andersrum? Dürfte ich sie dann zwischen ihren Beinen nicht anfassen? Das wäre grausam, das interessiert mich am meisten an ihr. Stelle mir vor, ein klitzekleines bisschen abzuweichen. Zuerst würde ich sie auspacken, ganz langsam und qualvoll. Wie ihre Unterwäsche wohl aussehen würde? Ich denke, viel Spitze und sehr edel. Nein, ich hoffe es.

Ich würde ihre riesigen Brüste packen und mich darin versenken und an ihren steifen Nippeln saugen bis sie stöhnt und dann zwischen den Beinen Pause machen. Sie erzählt ja immer, dass sie sich rasiert und pflegt. Da bin ich ja gespannt ob sie sich wirklich so gut anfühlt. Ich muss mich jetzt beruhigen, sonst werde ich meinen Ständer heute gar nicht mehr los.

08. September

Leonhardt

Muss doch mal wieder fragen, wie es Frau Marisch geht. Bestimmt denkt sie schon, ich habe sie vergessen. Das würde ich ja auch eigentlich gern, aber irgendwie hat sie etwas in mir ausgelöst, sie ist weit entfernt von langweilig, jeder WhatsApp Verkehr mit ihr ist spannend und voller Phantasie. Was sie mir so eröffnet hat, als ich in Norwegen war, hat mich echt um den Schlaf gebracht und ich musste mir erstmal Erleichterung verschaffen. Wie sie das wohl finden würde, wenn ich ihr das geschrieben hätte? Na mal schauen, ob sie mir noch antwortet.

Ich schreibe ihr, dass ich sie nicht vergessen habe, dass es nur gerade stressig ist und ich hoffe, dass es ihr gut geht.

Na war ja klar, sie antwortet nicht, Frauen wie sie darf man eben nicht zu lange vernachlässigen.

Doch, da kommt eine Antwort. Ach, das hätte sie sehr betrübt und dass sie 4 Personalausfälle hat. Da ist sie ja noch schlimmer dran als ich mit meinem Stress, aber wenigstens ist meine Mannschaft komplett. Und wann denn mein Stress aufhört. Das ist eine gute Frage, vermutlich nie. Das ist dann wie bei ihr, immer zu viel zu tun und zu wenig Zeit.

Ich schreibe ihr, dass sie nicht denken muss, dass ich sie vergessen würde und dass ich gelegentlich an sie denke. Wobei ehrlicherweise „gelegentlich" das völlige Gegenteil von dem ist, was da jeden Tag bei mir im Kopf und noch woanders passiert. Aber hätte ich wie ein Fünfzehnjähriger schreiben sollen, dass ich an nichts anderes mehr denken kann? Na auf keinen Fall. Seit sie mir Anfang August, na genau an Moritz' Geburtstag, das mit dem schönen, geilen und schmutzigen Sex geschrieben hat, denke ich nämlich fast ununterbrochen daran. Bloß gut, ich habe so viel Stress, dass ich auch viel abgelenkt bin. Könnte ich in Ruhe darüber nachdenken, wäre ich wohl schon mehrmals dort in der Sandwegsiedlung gewesen und bestimmt nicht zum Kaffeetrinken. Ob sie wohl darauf Lust hätte oder ob sie es nur so geschrieben hat?

Anja

Herr Reller schreibt. Dass er mich nicht vergessen hat und dass es gerade stressig ist. Und ich dachte schon, ich habe ihn, als er in Norwegen war, so verschreckt, dass er sich gleich zurückgezogen hat. Irgendwie denke ich, dass er ziemlich charmant und tiefgründig ist, phantasievoll vermutlich auch, aber schon sehr verschlossen. Bestimmt aus Selbstschutz, Zerstreuung ja, aber nur bis zur Grenze des Anonymen. Ich frage mich nur, warum er Zerstreuung woanders sucht. Er, so viel Stress, dennoch Zeit, sich mit anderen Frauen zu schreiben. Was ist da los mit seinem Herz? Das braucht man doch nur, um etwas zuzudecken oder zurück zu schieben, womit man sich lieber nicht befassen will. Meistens ist die Seele ja sehr verletzt, wenn man die Bestätigung woanders sucht, dabei gleichzeitig unverbindlich bleibt und theoretisch.

Aber es hätte mich schon sehr betrübt, weil es mir eben eine gewisse Leichtigkeit bringt, die mir meine Situation gerade etwas leichter macht. Und ich finde natürlich, dass ihn etwas Geheimnisvolles umgibt.

Was schreibt er da? „...denke schon gelegentlich an Sie!"
Wie soll ich das denn verstehen? Mit Teufelchen. Ich bekomme ihn ja auch nicht aus meinen Gedanken und das
schreibe ich ihm auch.

Leonhardt

Sie bekommt mich also auch nicht aus ihrem Kopf. Das
ist eigentlich ganz schlecht aber grad auch sehr reizvoll für
mich. Ich würde ja gern nochmal zum Kaffee trinken zu ihr
fahren und dann mit ihr all diese Dinge tun, die sie mir oder
ich ihr geschrieben habe. Schöner, geiler, schmutziger Sex
mit ihr kann ich mir nämlich gut vorstellen. Diese Brüste
möchte ich anfassen und sie müsste wieder so ein enges T-
Shirt anhaben und Highheels, natürlich muss sie Highheels
anhaben und die bitte auch im Bett anlassen. Möchte wissen, wie sie wohl in Strapsen aussieht und ich möchte, dass
sie sie beim Sex anlässt. Nichts törnt mich mehr an, als eine
Frau, die sich für mich schön einpackt.

Anja

„...wenn ich mich befreie und Ihnen alles Angetane zurück gebe!" und gleich drei Teufelchen. Anspielung auf die
vielen heißen Phantasien?
Und was heißt das denn? Wenn ich mich befreie? Was
für ein starkes Wort und was für eine Bedeutung es birgt.
„Mit Zins und Zinseszins? Oh Gott, mir wird schon wieder
heiß..." ist meine Antwort darauf.

„…das kann ich Ihnen sagen…"

„Was das eine Drohung oder das heißeste Angebot ever?"

Hui, „…eine Drohung bestimmt nicht…", also das heißeste Angebot ever. Da fängt meine Phantasie doch gleich wieder an zu explodieren und mir wird noch heißer, ich möchte ihm am liebsten noch mehr antun, damit ich noch mehr zurückbekomme. ob das geht, frage ich?

Leonhardt

Was? Sie möchte mir noch mehr antun, um noch mehr zurück zu bekommen? Sie will also ihren Chefposten mal abgeben?

Das möchte sie sehr gerne mal und lässt sich gern auf jegliche Art und Weise inspirieren.

Das klingt ja mal spannend. Was sie mit „auf jegliche Art und Weise" wohl meint? Ist auch davon abhängig, wie und ob sie mich vorher ärgern würde. Dann könnte es schon mal einen kleinen Klaps geben. Ob sie das mögen würde? Ich stehe drauf und dieses nicht so Blümchenhafte törnt mich mehr an, als zu zart.

Was schreibt sie? Sie hatte so Phantasien, was meine Haare angeht. Was hat sie denn mit meinen Haaren vor?

Sie hatte sich vorgestellt, darin ausgiebig zu wühlen, während ich zwischen ihren…und ich weiß wie es weitergeht.

Das weiß ich wohl, und das würde ich zu gern tun. Aber was hat sie mit „zwischen" gemeint? Dass ich mich zwischen ihren schönen Brüsten vergrabe, dass ich sie fest greife und dann genüsslich an ihnen sauge oder meinte sie mit „zwischen" eher ihre Beine. Ich könnte mich grad nicht entscheiden, was mir lieber wäre. Aber wenn, dann möchte ich Beides.

Anja

Was schreibe ich denn da? Dass ich in seinen Haaren wühlen möchte während er.... Ja, ganz genau dieses Spiel, spielt meine Phantasie gerade mit mir. Wie er in meine Brüste greift und an ihnen saugt, bis mir die Sinne vergehen und direkt danach tiefer rutscht und zwischen meinen Beinen das süße Spiel fortsetzt bis ich um Erlösung flehe.

Auweia... was ich so von mir gebe. Bin ich das wirklich. Bin ich denn nicht die brave Anja, die sich immer an die Regeln hält, die andere machen?

Scheinbar breche ich gerade aus meinem ach so steifen Korsett aus und werde der Schmetterling, der jetzt aus seinem Kokon schlüpfen möchte. Und verdammt nochmal, es fühlt sich so hammergeil an, dass ich es immer und immer schreiben möchte.

„Auweia...wie soll ich Ihnen denn jemals wieder gegenüber treten... Ist ja schon schwer genug, nackt im Bett zu liegen und zu schreiben..." ist meine Antwort dazu. Aber ich liebe es eben, nackt zu schlafen und früh mit bettwarmer Haut aufzuwachen und sich so wohl zu fühlen.

Leonhardt

„Auweia…wie soll ich Ihnen denn jemals wieder gegen-
übertreten…" schreibt sie. Tja…das frage ich mich auch
schon seit einer Weile. Also, wenn wir uns das, was wir in
den letzten Wochen so geschrieben haben, gesagt hätten
‚wären wir wohl mehr als einmal im Bett gelandet.

Und bitte was? Sie liegt nackt im Bett. Nackt!!! Da geht
doch gleich mein Kopfkino an. Und sie schläft immer nackt.
Heißt also, immer bereit für Körperkontakt? Für Sex? Was
für eine Vorstellung. Früh aufwachen, Lust auf wachvögeln
haben und es geht direkt und ohne Verzögerung los. Na
wenn ich diese Brüste früh unter der Bettdecke sehen
würde, bräuchte ich nichts weiter, um sofort bereit zu sein.

Ich schreibe ihr, dass ich auch fast immer nackt schlafe.

Nein, bitte nicht diese Antwort.

Anja

Er schläft auch fast immer nackt. Wie, was jetzt?

Was für eine Vorstellung: Früh aufwachen und so ein
Prachtstück neben sich vorfinden, ebenfalls nackt. Na, was
wird da sofort passieren? „Da wird nix mit gleich aufstehen.
Entweder kommt Teufelchen oder Engelchen dran…",
schreibe ich ihm daraufhin.

Wachvögeln oder wachkuscheln. Obwohl ich das Erstere
bevorzugen würde. Was für ein Start in den Tag. Da darf ich
nicht weiter drüber nachdenken…

Oh, jetzt ist aber Schluss schreibt er. Warum denn das? Ach so, weil er schlafen geht, ich dachte schon, ich bin wieder zu weit gegangen. Bin ich ja auch, sehr gerne sogar.

06. November

Leonhardt

Ein schöner Spruch, den sie da im Status hat. Über sehr gute Freunde und dass dieses Vertrauen niemals missbrauchen würden. Wohl wahr, gibt es aber sehr, sehr selten schreibe ich ihr. Sie antwortet, dass sie 2 davon hat und fragt wie das bei mir ist.

Aber ich bin ja schon wieder im Stress und hab keine Zeit in Ruhe zu antworten. Ich möchte sie aber nicht so abfertigen und in Ruhe antworten und das schreibe ich dann auch.

Anja

Oh, Herrn Reller gibt es auch noch. Er schreibt auf mein Statusbild mit dem Vertrauen und den Freunden, das es das leider sehr, sehr selten gibt.

Ja natürlich, deshalb fand ich den Spruch auch wert, ihn in den Status zu stellen. Ich mag solche tiefgründigen Sprüche und vor Allem Menschen, die damit wie ich etwas anfangen können.

Und wenn ich so auf die letzten Monate zurückschaue, dann waren es Michaela und Robert, die immer an meiner Seite waren, mich immer unterstützt haben und wenn es das kurze Telefonat war, eine Umarmung, ein Zuhören, ein Tipp. Ich habe gelernt, Menschen konsequent aus meinem Leben zu entfernen, die mich meine Kraft kosten oder oberflächlich sind. Dafür habe ich jetzt eine Handvoll Freunde, Wertvolle, die, für die ich immer da sein möchte und von denen ich weiß, dass sie immer für mich da sind.

Ich weiß nicht einmal mehr, wie das kam, dass die Freundschaft mit Michaela so fest wurde. Es war einfach irgendwann so. Ich mag ihre Intelligenz und ihre Analysefähigkeit, was Menschen angeht. Darüber können wir stundenlang reden. Und ja, sie hat es auch nicht leicht mit ihrem Jan und den beiden kleinen Kindern, die so ganz anders sind als meine, als sie klein waren. Ja, okay, ich habe die 2 mehr oder weniger allein erzogen, was hätte ich auch sonst machen sollen, aber ich habe vermutlich auch deshalb zwei sehr pflegeleichte Mädels, das sind sie heute noch.

Bei Robert und mir war das ganz anders. Ich bin immer noch ganz sentimental, wenn ich daran denke. Wir haben uns im Fitnessstudio kennen gelernt. Ich wollte abnehmen und Robert auch. Ich war sehr traurig und Robert auch. Und ich dachte immer, was ist das nur für ein Typ, der triefend von rechts nach links läuft. Da ich ja keinerlei Berührungsängste habe und er auch nicht, sind wir ziemlich schnell ins Gespräch gekommen und ich habe ihn gefragt, wieso er so trieft. Was mich heute immer noch verwundert ist, dass es mich nie abgestoßen hat, ich es nie eklig fand, dass er da so rumlief. Wir sind also ins Gespräch gekommen und er hat mir erzählt, wie er vorhat abzunehmen und dann haben wir eben auch mal zusammen trainiert. Eigentlich ist Robert meine beste Freundin, eben nur männlich, aber er weiß mehr von mir als alle anderen Menschen auf dieser Welt und auch er hat mir immer geholfen, beim Abnehmen, als es mir so schlecht ging und wenn ich mal einen Rat brauche, wie ich mit mancher Situation umgehen sollte, rufe ich immer zuerst Robert an. Wir haben manchmal 25 Minuten in der 90

Grad Sauna gesessen, weil wir die Zeit einfach weggequatscht haben. Und unsere Freundschaft wurde immer
besser. ER ist auch der Einzige, zu dem ich sagen kann:
„Robert, wie geht es mir?"

Da bin ich ja auf die Antwort in Ruhe gespannt.

Die natürlich nie kam.

24. November

Anja

Herr Reller vernachlässigt mich. Das stimmt schon mal. Und will das Nachholen. Aha, wie will er das denn machen? Und natürlich liebe Grüße und einen schönen Abend. Da bin ich ja gespannt, was jetzt kommt.

Leonhardt

Dieser Stress, habe gar keine Zeit für Frau Marisch mehr, würde ich aber gern. Heute muss ich ihr aber wieder mal schreiben, nicht, dass sie mich noch vergisst. Was schreibe ich denn?

...ich vernachlässige Sie ganz schön. Hole das nach...versprochen...liebe Grüße und einen schönen Abend...

Mal sehen, ob sie mir noch antwortet.

Sie hat schon geantwortet, dass es stimmt und beim Nachholen ist sie direkt in freudiger Erwartung, na und ich erst. Sie fragt, ob der Stress langsam zurück geht.

Na dann kann es ja jetzt losgehen. Ich schreibe, dass ich ja schon ab und zu an sie denke und mich dann immer frage, was sie wohl gerade anhat. Und immer habe ich dann Highheels und enge T-Shirts vor meinen Augen und würde das gerne jeden Tag sehen.

Sie fragt mich, was sich meine Phantasie dann wünscht. Ich kann ja jetzt schlecht antworten, dass sie am liebsten gar nichts anhaben sollte und mich in ihrem Bett in schönen Strapsen und Highheels erwarten soll, obwohl ich gerne würde, aber ich kann ja mal vorsichtig anfangen und mit „…auf alle Fälle Highheels" starten. Da weiß ich ja ziemlich sicher, dass sie die meistens anhat. Aha, das stimmt meistens schreibt sie, habe ich es doch gewusst.

Dann schreibe ich gleich noch „…enge Hosen, …und ich sehe Sie von hinten, …da Sie mir einen Kaffee machen."

Ob sie das an meinen Besuch erinnert? Das war aber auch ein Erlebnis, eigentlich hätte ich nur schreiben müssen, dass ich mich an ihre Wahnsinns Brüste und die Highheels erinnere, das wäre die Wahrheit gewesen. Bei dem Gedanken wird es doch gleich wieder eng in meiner Hose. Sie fragt mich, was das mit meiner Phantasie macht. Das willst Du nicht wissen, glaube mir. Meine Phantasie will, dass ich direkt losfahre und sie so vorfinde, wie beschrieben. Stattdessen schreibe ich, „…lässt sie schmutzig werden." Und frag jetzt bloß nicht nach Details. Dann müsste ich schreiben, dass ich es bereue, ihr nicht damals gleich an die Wäsche gegangen zu sein, dass ich sie direkt auf ihrem Küchentresen neben der Kaffeetasse von hinten genommen hätte und ihre geilen Brüste so lange geknetet und an ihnen gesaugt hätte, bis sie mich um Gnade angefleht hätte. Also schreibe ich auf ihre Frage wie schmutzig: geil, schön, phantasievoll oder noch anders schmutzig: geil schmutzig. Das stimmt auch und am liebsten würde ich ihr schreiben, was ich ganz genau mit ihr machen würde. Ob sie darauf einsteigen würde?

Anja

Und jetzt: „...und oben haben Sie wie damals ein sehr enges T-Shirt an."

Also Männer und Brüste. Sind die wirklich so groß? Ich liebe sie auch und ich fasse sie auch gern an, aber wenn er möchte darf er sie gerne mal nach Herzenslust verwöhnen. So richtig reingreifen und daran saugen bis ich nass zwischen den Beinen bin, aber dann würde ich ihn nicht mehr weglassen, dann würde ich mir das von ihm holen was ich brauche. Und ich hoffe, dass er darauf dann ebenso viel Lust hätte wie ich. So richtig männlich müsste er sein, sich nehmen was er will, ich mag es, wenn Männer das können und dann auch tun. Einfach Mann sein, richtig Mann. Aber wo gibt es sowas schon noch.

Ach Sekt ist immer gut. Ja, den bräuchte ich wohl auch, wenn sie in meiner Nähe wären, und dann viel davon, obwohl ich kaum etwas vertrage.

Jetzt schreibt er, dass er ja irgendwann noch die Tapetenrechnung bringen müsste und dann will er noch das Werk begutachten. Und dann schreibt er noch, dass er geil schmutzige Gedanken nicht haben dürfte. Das hätte ich ja gern noch etwas genauer gewusst, aber irgendwie lässt er solche Fragen nicht zu oder beantwortet sie sehr ausweichend. Ob er auch so ein Typ ist, der irgendwann einfach hinnimmt, dass die Ehe oder Beziehung ebenso ist und sich den fehlenden Spaß und Sex dann woanders holt?

Als ich ihm dann schreibe, dass seine Gedanken dafür aber ganz schön heiß sind, schreibt er mir, dass meine Gedanken auch nicht ohne sind, wenn der Teufel dann mal losgelassen wird. Das ist doch gut, aber schlecht für ihn. Außerdem, schreibe ich, muss ein Mann erstmal in der Lage sein, diese Phantasie bei mir anzuregen und zu erwecken, dass so etwas in mir steckt. Und das kann er auf jeden Fall bei mir. Er schreibt, dass es auch seine Phantasie anregt, gut so und er findet es faszinierend es zu können. Ich schreibe darauf hin, dass Phantasie ein Geschenk im Leben ist und diese Phantasie zu leben unfassbar erfüllend sein muss. Das ist mir bisher noch nicht passiert, außer kurz mal, aber es bringt eben diese Neugier mit sich, die nicht loslassen will. Obwohl ich loslassen sollte. Aber was ist das, was mich so fasziniert? Ich bin doch nicht mehr zwanzig und naiv auch nicht, aber dieses Gefühl ist immer gleich. Es bringt so ein Kribbeln und eine Aufregung, die mir ganz nah geht.

„…ein Geschenk und lässt uns vergessen und frei sein. Lebensqualität im gewissen Sinne, die nicht jeder hat.

…genießen wir es, ohne zu wissen was kommt und passiert."

Das ist seine Antwort, wie schön er schon wieder schreibt, das ist auch so eine Seite an ihm, die ab und zu mal hervortritt, ich liebe es, wenn er so schreibt.

Anja

Das ist mal eine gute Idee, annehmen was kommt, ohne Druck, ohne Erwartungen und den damit verbundenen Enttäuschungen. Und eben diese Gefühle rauben mir manchmal den Verstand. Das will Herr Reller nun aber wissen, warum es mir den Verstand raubt. Es sind eben manchmal so unkontrollierbare Gefühle und die sind dann stärker als ich, überwältigen mich und das dürfen sie auch. Das bereichert mein Innerstes sehr und das fühlt sich dann eben schön an. Einfach zulassen, was es mit einem macht. Es kommt sowieso so, wie es kommen soll, hat man ja keinen Einfluss darauf, was die Seele so mit einem macht.

Und woher er immer solche schönen Worte nimmt, das wäre schön, sich mal mit ihm zu unterhalten, wenn er und ich keinen Stress haben. Also vermutlich nie. Wie schade. Das würde mich wirklich interessieren. Sicher könnte ich nicht meine Finger von ihm lassen, aber reden würde ich mit ihm auch wollen.

26. November

Anja

Da ich ja weiß, dass Herr Reller Highheels mag und ich aber heute meine roten Stiefel anhabe, werde ich mal versuchen, ihm ein Lächeln ins Gesicht zu zaubern und schreibe ihm, dass er heute enttäuscht von mir wäre, da ich keine Highheels anhabe. Dazu schicke ich ihm ein Bild von den roten Stiefeln. Aber vielleicht gefällt ihm die Alternative ja auch. Da bin ich ja gespannt.

Tatsächlich ist er überrascht. Ja Baby, das war ja Sinn der Sache, und jetzt spinne den Faden weiter. Rote Schuhe, was könnte denn da noch gehen. Aber es ist Vormittag, da muss er sicher arbeiten und es sollte ja auch nur für Freude sorgen. Und natürlich kommt die Frage nach dem engen T-Shirt. Was habe ich nur angestellt, dass er sich immer an die beiden erinnern möchte. Und nochmal die Frage, was ich für ein T-Shirt anhabe, Baby, was ist denn los? Es würde ihm gefallen, weiß, transparent, tief ausgeschnitten und ich sende schöne Grüße an seine Phantasie. Ach so, dass würdest Du ja gerne sehen. Was denn genau, das T-Shirt oder den Inhalt, vielleicht hintereinander. Also schreibe ich, dass ich ab 18:30 Uhr zuhause bin und sturmfrei habe. Natürlich geht das nicht, das weiß ich ja und sage ihm, dass ihm seine Phantasie helfen muss und dann mache ich den Kardinalfehler des Tages und frage, ob er noch etwas Inspiration braucht. Das war der Fehler, denn prompt kommt dieser Wunsch. Mist, da war ich zu vorschnell und jetzt habe ich den Salat. Aber erst muss ich noch wissen, ob er wegen mir heute schon gelächelt hat, Spaß muss sein, bloß nicht so verkrampft. Hat er, bei dem Foto von den roten Schuhen. Dann habe ich ja das Wichtigste erreicht.

Da war ich zu mutig und jetzt komme ich da nicht mehr raus. Was mache ich da bloß. Muss ihn erstmal auf Abend vertrösten. Er schreibt, dass die Idee von mir kam und er sich jetzt überraschen lässt. Selbst die Frage, was ich tun muss um sein Herz zu erweichen beantwortet er mit „…nichts, mich überraschen." Da habe ich ja eine schöne Denksportaufgabe, die es bis Abend zu lösen gilt. Wie soll ich mich jetzt auf meine Termine konzentrieren. Herr Reller, sie bringen mich ganz schön durcheinander.

Leonhardt

Was willst Du? Mal ganz brav sein, bitte nicht. Das kommt zwar manchmal etwas durch aber sei lieber heiß und zeig mir Deine Brüste, sie können auch gern ausgepackt sein. Da werde ich wohl den Rest des Tages mit der Vorfreude beschäftigt sein. Enttäusche mich nicht, Baby. Sie versucht schon wieder abzulenken, heute funktioniert das nicht, also schreibe ich ihr, dass ich trotzdem gespannt bin. Lass mich nicht zu lange warten.

Dann schreibt sie mir, dass ich ja heute früh schon enttäuscht wurde, weil sie kein Highheels anhatte und dass der Tag ja nicht so enden sollte. Die Überraschung hatte heute früh überwiegt, aber das sage ich ihr mal lieber nicht.

Ich habe es mir abgewöhnt, von anderen viel zu erwarten. Man wird eh nur enttäuscht.

Und bin dennoch nur eines: irre gespannt.

Anja

Holy shit, was mache ich bloß. Das Spiel gefällt mir. Aber was soll ich tun. Es darf ja beides nicht sein, nicht zu viel, nicht zu wenig. Das hätte mir mal jemand sagen sollen, dass ich solche Gedanken habe und auch noch ernsthaft darüber nachdenke, das zu tun. Aber selbst Coco Chanel sagt, dass man nur das bereut, was man nicht gemacht hat und sofort fällt mir etwas ein. Ich habe doch diesen Wahnsinns Adventskalender von Eis. Den habe ich ja schon komplett angeschaut und ausgeräumt. Da war so ein heißer Netzfetzen dabei, den ziehe ich an, dazu Highheels und das rote Band lege ich über meine Beine. Und dann bin ich gespannt.

Nachdem ich ihn ja heute Morgen schon mit den Stiefeln statt Highheels enttäuscht habe, soll sein Tag ja nicht mit einer Enttäuschung ändern. Und schon schreibt er, dass er nie enttäuscht ist. Und dass er es sich so gut wie möglich abgewöhnt hat von allem und anderen zu viel zu erwarten. Man lebt so ruhiger und ärgert sich nicht ganz so viel. Und wie er von mir enttäuscht sein könnte. Wieder einmal eine Facette von ihm, die ich kennenlernen darf. Diese heiße Sache mit ihm macht ja Spaß, nur das Ganze, ohne den Menschen kennenlernen zu dürfen, löst in mir so ein Mangelgefühl aus, so etwas Unvollständiges. Und in den Momenten, wo er so eine Seite von sich zeigt, ist dann das Erotische nebensächlich und ich freue mich einfach über ein Stück neues Kennenlernen.

Halb neun abends schicke ich ihm das Bild, war schon heiß gewesen, das zu tragen. Wenn er vor mir gestanden hätte...auweia. Das wäre nicht gut ausgegangen. Aber es kommt natürlich auch drauf an, wie man gut ausgehen interpretiert.

Eine Stunde später kommt: „…sexy!“

Echt jetzt? Das ist alles? Dafür habe ich mir so viel Mühe gegeben? Aber vielleicht muss man auch mal etwas für wenig tun.

Leonhardt

Sie lässt sich mal wieder Zeit. Zuviel Zeit. Hörst Du! Lass mich doch nicht so lange warten.

Jetzt, schon ganz schön spät, kommt ein Bild. Holy shit: Netzstrümpfe in Highheels und etwas Rotes.

Kann es grad nicht in Ruhe betrachten, echt blöd, und so schreibe später noch schnell: „…sexy!“

27. November

Leonhardt

So ein Mist, dass ich gestern nicht mehr zu diesen Beinen schreiben konnte, es ging einfach nicht. Aber Netz und Highheels, mehr braucht es nicht um meine Phantasie zu beflügeln. Dazu bestenfalls Strapse, ein heißer String, bitte nicht die Brüste einpacken. Bin schon hart bei dem Gedanken daran. Das ich gestern nur „sexy" geschrieben habe hat sie bestimmt enttäuscht, jetzt bekomme ich sowas nie wieder von ihr. Aber vielleicht bekomme ich das ja noch geradegebogen. Also frage ich, wie hoch die Netzstrümpfe gingen. Ich weiß gar nicht, was ich hören will, aber was Heißes wäre gut. Ich verschlucke mich gleich an meinem Kaffee als sie antwortet: „...bis zum Hals". Wie kann denn bitteschön eine Netzstrumpfhose bis zum Hals gehen?

Das muss ich sehen und schreibe "zeigen". Dass sie das nicht machen wird, ist mir schon klar, aber man kann es ja mal probieren. Sie schreibt natürlich „niemals, entdecken kommen." Und dass sie nicht viel mehr drunter hatte und ich mir nicht vorstellen kann, wie sie sich gefühlt hat." Doch, doch, doch, das will ich wissen und am liebsten würde ich sofort losfahren und mir dieses Teil richtig anschauen. Was soll das denn für ein Teil sein, bis zum Hals. Keine Ahnung. Ich schreibe, dass ich mir diese Strumpfhose über ihrem geilen Arsch vorstelle. Oh Gott, dieser Arsch und dann noch mit Netz drüber. Ob ich es schaffen würde noch nicht zu kommen bevor ich sie nehmen würde? Jetzt schreibt sie, dass mich die Realität nicht enttäuschen würde und dass es ein irres sinnliches Gefühl war. Hör auf, so zu schreiben oder nein, mach weiter.

Bitte was? Oben rum hat es gespannt? Wie denn, ich will es sehen, ich komme gleich, der erste Tropfen ist schon raus. Hoffentlich geht es ihr auch so und sie ist schon komplett nass. Ich schreib ihr, „…in dieser Netzstrumpfhose von hinten mit den schwarzen Highheels und sie wären…" Sie weiß schon was ich meine, „geliefert" muss ich nicht mehr ergänzen. Und schreibt mir „…gut so, ich mag sie heiß, sehr heiß…und ihre Phantasie sagt ihr, dass es überirdisch wäre."

Darauf, Baby, kannst du dich aber sowas von verlassen. Was? Noch so ein Teil hat sie. Nein, das verkrafte ich nicht auch noch. Ich wäre sowas von heiß, sehe sie von hinten, Netzstrumpfhose, enges T-Shirt und in Gedanken bin ich schon ganz tief in ihr. Und du würdest stöhnen, dich unter mir winden, würdest nach mehr flehen und ich würde es dir nur allzu gern geben, alles, bis du, wie gewünscht, wund bist.

Jetzt schreibt sie noch, dass das Netzteil oben rum besonders schön aussieht, hör auf oder zeig es mir, aber das ist ja fast Terror, es sich vorstellen und nicht sehen und anfassen dürfen. Ich kann sie jederzeit anfassen kommen, das würde ich, aber leider gibt's da ein Problem. Aber ich schreibe ihr, dass ich die beiden fest packen würde, sie scheint auch heiß zu sein denn gleich kommt die Frage nach dem weiter. Ich würde sowas von dran saugen, bis dir hören und sehen vergeht und du mich anflehst es dir so richtig zu besorgen. Und auch den Gefallen würde ich dir nur zu gern erfüllen. Und am allerliebsten würde ich es mit dir zusammen machen, ich die eine Seite, du die andere. Sie schreibt, dass sie jetzt erstmal Badewanne und Sekt braucht und dass sie gerade ihren ersten Höhepunkt hatte. Wie, jetzt schon? Das hätte ich nur zu gern erlebt. Wie sie dann wohl ist? Wäre sie laut, würde sie schreien, vielleicht meinen Namen? Ich glaube, ich schaffe es auch nicht mehr lange. Und sie schreibt: „…jetzt erst!". Ich will sie im T-Shirt sehen, bitte Baby, das ist doch nicht so schwer, wenn ich an den Anblick letztes Mal denke, platze ich gleich. Und schreibe ihr, dass sie die beiden ja auch schön präsentiert hat. Sie meint aber, dass es nicht präsentiert gewesen wäre, aber sie würde sie einmal ganz speziell für mich präsentieren und dass das T-Shirt damals gar nicht so eng war. Wie bitte jetzt? Es war nicht eng? Das ist doch nicht dein Ernst. Oh doch, das war es. Ich stelle mir gerade vor, wie sie ihre beiden vor mir präsentiert und ich sie langsam und wie ein Geschenk genüsslich auspacke. Aber das glaube ich mir selbst nicht. Wegreißen würde ich das T-Shirt und den Rest gleich hinterher. Dann würde ich erst einmal alles um mich herum vergessen und mich in diesen himmlischen Brüsten vertiefen. In meiner Hose ist es gerade sehr eng und ich schreibe ihr, dass ich einen riesen St… habe. Den würde sie gern sehen und ganz lieb und ganz böse zu ihm sein. Ich glaube, in diesem Moment bräuchte sie gar nichts mehr tun, da würde anschauen reichen um mich explodieren zu lassen. Dann schickt sie mir doch tatsächlich ein Bild. Himmel, Herrgott, ich habe es doch gar nicht ernst gemeint. Aber ich erkenne nur etwas Netzstoff, sonst rein gar nichts. Wie schade, so ein wenig Phantasieanregung hätte ich schon noch verkraftet. Das schreibe ich ihr auch, dass ich rein gar nichts erkenne. Dann versucht sie was anderes. Aber jetzt muss es funktionieren. Da kommt auch schon ein Bild. Sie, mit dem Netzteil, obenrum zugedeckt, aber es lässt genug erkennen oder erahnen. Tatsächlich bedeckt dieses Netzteil auch ihre Brüste. Das möchte ich mal ganz sehen, es macht mich total geil.

Anja

Bin grad im Blechen Carré, bissel shoppen. Da kommt eine WhatsApp. Ach, Herr Reller fragt, wie hoch die Netzstrümpfe gingen. Damit hatte ich schon abgeschlossen, denn gestern Abend kam nur eine kurze knappe Antwort: „sexy". Das hat mich schon sehr enttäuscht, aber was solls. Also schreibe ich, bis zum Hals und dass der Teufel dagegen harmlos wäre. Kommt ein: „...zeigen" und drei Teufel. Wie bitte, zeigen? Aber gerne doch, kommen sie es entdecken. Und da etwas Strafe sein muss schreib ich noch, dass ich nicht viel mehr drunter hatte und er sich nicht vorstellen kann, wie ich mich gefühlt habe. Er stellt sich gerade diese Strumpfhose über meinem geilen Arsch vor, also er schreibt nur g... und A.... Was soll es denn sonst heißen? ich schreibe ihm, dass ihn die Realität nicht enttäuschen würde. Gott, der Typ versteht es echt, in mir meine tiefsten Phantasien zu wecken und sie sich entwickeln zu lassen. Also was habe ich denn jetzt angestellt, das Teil scheint ihn ja völlig heiß zu machen. Wie kann man denn nachmittags um 16 Uhr schon so geil sein. Andererseits, wieso denn nicht, hat ja nichts mit der Uhrzeit zu tun, sondern eher mit den Umständen. Jetzt schreibt er, dass er hinter mir ist, ich die Netzstrumpfhose an, ein enges Oberteil und Highheels. Dann schreibe ich, dass ich dann alles von ihm will, bis wir beide wund sind. Alles und überall würde ich bekommen ist seine Antwort. Echt? Alles und überall...ich habe grad ganz viele Gedanken in meinem Kopf, die sind alle sehr heiß, heiß, heiß.

Als ich ihm schreibe, dass das Netzteil obenrum besonders schön aussieht und er antwortet, dass er das bei meinen schönen T... gerne glaubt. Das können sie aber auch so etwas von glauben, wenn sogar ich das heiß finde und ich bin immer sehr kritisch mit mir. Als er dann noch schreibt das er meine zwei sehen möchte, er die beiden fest packen und richtig an ihnen saugen würde, ist es langsam vorbei mit meiner Beherrschung. Da hätte ich sie jetzt auch gern und sie könnten die beiden gern packen und noch viel lieber an ihnen saugen bis sie so richtig wund sind. Und er würde gern mit mir dran saugen und mir dabei in die Augen schauen. Ich würde ihm auch gern dabei in die Augen schauen. Und die Vorstellung dessen lässt mich grad explodieren. Sie sind nicht ein Sturm, nein, sie sind vielmehr ein Taifun.

Als ich ihm schreibe, dass ich gerade meinen ersten Höhepunkt hatte antwortet er "jetzt schon?" Also bei dem, was sie mir hier die ganze Zeit offerieren wäre alles andere auch verwunderlich. Eine geile Sau bin ich und verdorben noch dazu. Das sehe ich nicht so, aber bitte, dass behalten sie mal schön für sich, offiziell bin ich die nette Anja, mehr nicht. Muss ja auch keiner wissen. Wer diese Phantasien in mir weckt, der darf auch gerne wissen, was ich wirklich denke, aber bitte niemand anderes. Sie sind jetzt mein heißes Geheimnis. Bis September hatte ich meinen Freundinnen von einem kleinen Techtelmechtel mit meinem Malermeister erzählt. Je heißer es wurde umso weniger habe ich erzählt und jetzt möchte ich nicht, dass es jemand weiß. So ein heißes Geheimnis kann man einfach nicht teilen, das muss man für sich genießen und das bin in die Fußspitzen.

01. Dezember

Leonhardt

Dieses Bild mit ihren Beinen, den Highheels und dem Netzstoff wird mich noch in den Wahnsinn treiben. Ich will es sehen, will sie anfassen und ich will sie hart von hinten nehmen bis sie mit mir explodiert. Ich muss mir Erleichterung verschaffen, sonst komme ich noch direkt in der Hose.

Anja

Ach, das Bild scheint mir doch gut gelungen zu sein, jedenfalls scheint es ihn nicht loszulassen, das schreibt er gerade. Aber was das „Rote" ist, wollte er bisher noch nicht wissen, eigentlich dachte ich, dass er neugierig ist. Dafür lässt mich etwas ganz anderes nicht los: „wo ich ran will reiße ich es auf!". Herrgott, lass es mich bitte erleben, ich kauf mir auch ein Hunderterpack von solchen Teilen, aber reiß es an mir auseinander. Meine Beine in der Strumpfhose findet er also interessanter. Was hat er denn damit vor?

Leonhardt

Ich habe noch nicht einmal gefragt, was das „Rote" ist. Nein, habe ich nicht, ich komme ja nicht von diesen Beinen mit dem Netzstoff los, wie soll ich mich denn noch um etwas anderes kümmern?

Was lässt sie nicht los? „Wo ich ran will, reiße ich es auf!"
Oh ja, das würde ich jetzt gern sehen und diesen geilen
Arsch am liebsten versohlen, bis er so rot ist, dass ich ihn
erstmal wieder streicheln müsste, bis es wieder gut ist. Was
ich mit ihren Beinen vorhabe fragt sie? Fragen sie lieber
nicht, denn dann müsste ich ihnen sagen, dass ich ihnen am
liebsten die Beine ganz weit auseinander drücken würde
und mich dazwischen versenken würde. Ich würde sie auslecken, immer wieder, bis sie mich anflehen würden, dass
ich endlich meinen Schwanz zum Einsatz bringe und dir
zeige, was ich damit so alles machen kann.

11. Dezember

Anja

Ach, Herr Reller läutet das Wochenende ein, Was ist denn das für eine Mütze? Sieht ja witzig aus, der kann aber auch alles tragen. Ich schreibe ihm: „Das sieht ja heiß aus!"

Wir haben heute wieder Community Abend mit Thomas, Marco und Lisa. Wir haben uns irgendwie im November gefunden und seitdem treffen wir uns fast im 2-Wochenrhythmus. Heute, da ja alles zu ist, mal bei mir und wir werden auf meinem neuen Feuerkorb, den ich uns zu Weihnachten schenke, Rinderfilets grillen. Dazu habe ich noch Butterbrötchen gebacken und Glühwein haben wir auch da. Das Fleisch war superlecker und ganz zart gewesen, aber auch sauteuer, aber wenn, dann lieber mal ein gutes Stück Fleisch, das dann aber seltener. Als ich die Bilder gepostet habe und gerade die Küche aufräume, schreibt mit Herr Reller um 23:30 Uhr: „mmmmhhhh sehr lecker!" Ja, das stimmt, mit ihnen wäre es bestimmt auch sehr lecker, ich meine unterhaltsam, aber vermutlich hätte ich mit ihnen dann ab und zu mal verschwinden müssen, um meine Erregung zu befriedigen. Ich dachte, sie sind nach einer Woche Arbeit immer so richtig erledigt, wieso sind sie denn um diese Zeit noch wach? Und er vernachlässigt mich schon wieder sehr. Ja, das ist so als Nummer 3. Damit sollte man leben können, oder es einfach sein lassen. Ich schreibe ihm, dass ich mir schon Konsequenzen ausdenke. Damit meine ich natürlich nichts Böses, warum auch, er ist mir ja zu nichts verpflichtet.

Leonhardt

Schlafen möchte ich eigentlich noch nicht. Hätte Lust auf ein wenig Abwechslung. Bei Frau Marisch gabs heute gegrillte Steaks. Da wäre ich auch gern dabei gewesen. Mal sehen ob sie noch bereit für ein wenig Spaß ist. Ich vernachlässige sie gerade auch schon wieder, mal schauen wie sie darauf reagiert. Das schreibe ich ihr erstmal. Was? Sie denkt sich schon Konsequenzen aus. Ja bitte, bestrafe mich, ich bin so böse. Und ich wäre wirklich gern böse zu ihr und das hat auf jeden Fall etwas mit einem weißen T-Shirt und einem geilen Arsch zu tun. Ob ich das wirklich wissen will, fragt sie. Aber hallo, das möchte ich aber so etwas von sicher wissen. Sie schreibt, dass sie in ihrer Kiste etwas finden wird, was der Hölle nahekommt. Also das ist mal eine klare Ansage. Was ist denn das für eine Kiste? Was da wohl drin ist. Da würde ich ja gerne mal hineinschauen, gerne auch mit ihr zusammen, das würde bestimmt Spaß machen. Das macht mich doch gleich wieder heiß. Das sollte es auch, aha. Am liebsten würde ich ja mit ihr machen was ich will. Aber dann wäre es keine Strafe, sondern Belohnung für mich. Wie? Sie lässt sich gerne mal beherrschen. Wie denn? So devot und unterwürfig vielleicht? So dass ich alles mit ihr machen kann was ich will. Aber was in dieser Kiste ist, möchte ich zu gern wissen. Aber das wird sie mir ja sicher nicht zeigen. Ich darf was aus der Kiste rausholen und das wird dann benutzt. Echt? Am liebsten wäre mir ja eine Peitsche, dann dieses Netzteil über ihrem geilen Arsch und dann würde ich sie gern kräftig versohlen, bis sie stöhnt und um Gnade winselt bis ich sie erlöse. Das darf ich und sie fände es angemessen, würde vorher den Netzfetzen anziehen. Kann die etwa Gedanken lesen. Ich bin schon wieder total hart und der erste Lusttropfen ging gerade ab. Den will sie haben. Aber gerne doch und sie dürfen ihnen gern direkt von der Quelle nehmen. Und das will sie auch, auf ihren Lippen. Ja, das stelle ich mir gerade vor, wie sie vor mir kniet, mir ganz langsam erst meine Hose unter dann meinen Slip runterzieht. Bestimmt würde mein Schwanz ihr direkt entgegenspringen und ich hoffe, sie würde ihn dann direkt in ihren Mund nehmen, an ihm lecken und saugen. Als ich schreibe, dass das grad nicht geht und er auch schon raus ist, schreibt sie, dass da doch noch mehr ist. Aber sicher ist da noch mehr und sie können sich gern alles auf einmal von mir holen. Gott, ist sie wirklich so geil oder tut sie nur so. Wenn ich damit meine, dass sie gern schönen, phantasievollen und geilen Sex hätte, dann dankt sie mir schön dafür. Da wäre ich doch direkt dabei. Und ich wüsste auch schon, was ich mit ihnen anstellen würde. Da würden der Phantasie keine Grenzen gesetzt sein.

Anja

Puh, jetzt wird es aber heiß hier. Er schreibt von Lusttropfen und ich von meiner Spielkiste. Die macht ihn neugierig, das kann ich nachvollziehen, bei dem was da so drin ist. Und er will mir meinen g... A... verso.... Aber gerne doch, ich ziehe auch mein Netzteil an und Highheels und die lasse ich auch im Bett an. Er schaut sich gerade meine Beine an. Anschauen, nur graue Theorie, anfassen würde ich besser finden. Und würde auch gerne mal etwas von ihm sehen, wenn ich mir was wünschen dürfte. Jetzt kommt die Frage nach meinem Oberteil, upps, habe ja gar keins an, hab mich zwischendurch geduscht, rasiert und eingecremt bin ich auch schon. Also schreibe ich: „gar keins". Da hätte ich jetzt aber zu gern seinen Blick gesehen, wenn ich ihn laut seiner Aussage schon mit T-Shirt geil mache, was passiert dann, wenn ich nichts anhabe? Ich schreibe ihm auch, dass ich gerade alles schön gepflegt habe, das will er natürlich ganz genau wissen. Bitte sehr, lassen sie mich an ihren Gedanken teilhaben. Schön böse bin ich, aha, eigentlich nicht, aber wie sie es schaffen, mich innerhalb kürzester Zeit nur mit Worten so heiß zu machen, habe ich noch nicht verstanden. Aber Herr Reller…böse lieben sie wohl doch, oder?

Wie bitte? Er macht jetzt Schluss, weil er sonst noch in Versuchung kommt, seine Hose zu öffnen und zu…. Warum nicht, was ist schon dabei. Aber können sie das nicht bitte machen, wenn ich dabei bin. Ich hätte was Schönes beizutragen und würde mich als Anregung zur Verfügung stellen, mit dem Netzteil und den Highheels. Manchmal ziehe ich das an und tanze im Wohnzimmer, was für ein Gefühl ich dabei habe muss ich wohl nicht extra beschreiben. Sooooooooo bööööse bin ich und das gefällt ihm, na klar, soll doch auch bissel Spaß machen. Und böse gefällt ihnen. Das finde ich gut, so blümchenhaft ist ja auch nicht das Wahre, männlich muss es sein. Für mich muss sich ein Mann auch ab und zu mal sehr bestimmt nehmen, was er möchte und wie er möchte.

Da verabschiedet er sich, ist ja auch schon halb eins, und ich bedanke mich bei meinem hot master painter. Er will wohl doch noch nicht schlafen und fragt, wofür ich mich bedanke. Ehrlich gewesen wäre fürs Heißmachen, aber ich schreibe, für die schönen Gedanken und Gefühle, die er mir verschafft. Er fühlt sich geehrt. Aha, warum dass denn. Sie werden sich ja ihrer Wirkung auf Frauen bewusst sein. Ich hatte ihm süße Träume gewünscht. Er schreibt, dass seine Träume heiß wären, aber auf keinen Fall süß und verdammt geil ist er verdammt noch mal. Ja, gut so, wenn ich heiß bin, warum dann nicht auch sie? Druck ablassen muss er, warum nicht, was ist schon dabei. Machen so viele, aber keiner würde zugeben, dass es eben manchmal schneller und einfacher ist, sich schnell selbst Entspannung zu verschaffen. Quick und dirty zwischendurch ist doch auch mal geil. Kann ich verstehen, dass an manchen Abenden einfach auch Männer mal keine Lust mehr haben. Aber manchmal muss es doch einfach nur das spontane Übereinander herfallen in der Dusche oder wo auch immer sein.

Leonhardt

Was soll ich? Es machen? Das ist ihre Antwort darauf, dass ich jetzt Schluss mache, weil ich sonst in Versuchung kommen würde meine Hose zu öffnen und zu... echt? Und wenn ich die Geschichte mal weiterspinne. Würde sie mir dabei zuschauen? Gern dabei zuschauen? Und vielleicht das Gleiche bei sich machen? Das wäre mal so richtig geil, obwohl geil dann schon wieder ein zu schwaches Wort dafür ist. Aber das behalte ich mal lieber für mich.

Jetzt werde ich mal mutig und frage, was sie mit ihren Fingern macht. Am liebsten wäre es mir, wenn sie mir schreiben würde, wie sie sich selbst berührt, sich streichelt und sich selbst einen Finger reinsteckt. Ach, die haben nicht mehr viel zu tun. Sie schreibt, dass sie gar nicht versteht, was ich ihr für Gefühle verschaffe und dass es eigentlich gar nicht sein kann, aber so ist. Sie genießt den Gedanken daran, wie es wäre, wenn ich bei ihr wäre. Wenn ich doch nur könnte wie ich wollte. Dann wäre ich jetzt auch bei ihr und würde all das mit ihr anstellen, was meine Phantasie hergibt und was wir uns jemals geschrieben haben. Und wenn ich das hier so richtig mitbekomme, ist sie auch absolut nicht abgeneigt. Ich schreibe ihr, dass ich gar nicht wüsste, wie es wäre, wenn wir noch einmal aufeinandertreffen würden. Scheiße, ich könnte mich garantiert nicht zurückhalten und müsste bestimmte Stellen ihres Körpers berühren, Arsch und Brüste zuerst und dann immer weiter. Ich stelle sie mir in diesem superengen weißen T-Shirt von damals vor. Mein Schwanz steht und platzt gerade schreibe ich ihr. Sie würde mir gern behilflich sein, mit ein paar kleinen Qualen. Bitte aufhören, sonst ist es gleich zu spät. Wie bitteschön, kann denn der Gedanke an ein T-Shirt, was ich vor Monaten gesehen habe, mich immer noch so geil machen? Diese Worte, kleine Qualen…das treibt mir den nächsten Lusttropfen raus und auch den wollte sie gerne haben. Sie schreibt, dass wir in der Zeit, in der wir uns schreiben, uns schon mindestens dreimal befriedigt hätten. Hätten wir oder hat sie? Oh nein, bitte nicht, dieses Kopfkino treibt mich in den Wahnsinn. Hätten wir! Der nächste Lusttropfen geht mir ab. Hey, ich bin hier der, der der Heißmacher ist. Ich schreibe ihr, dass der Tropfen an meinem Körper klebt und bei Gott, leck ihn mir ab und hör danach nicht auf. Ich mache sie wahnsinnig und sie ist so nass schreibt sie. Ich mache sie nass? Soll das ein Witz sein. Ich dreh hier fast durch vor Geilheit, sie macht mich so scharf und gerade wünsche ich mir diesen Arsch mit dem Netzteil vor mir und möchte nur eines: sie nehmen und ihr alle Freuden bereiten, die ein Mann einer Frau nur geben kann. Hart und fest möchte ich sie nehmen und ich glaube, sie würde sich mir nur zu gern öffnen. Jetzt fragt sie, ob ich ihr nicht einmal diesen Netzfetzen anziehen möchte und ihn dann vor lauter Lust zerfetzen will. Hören sie auf, ich versuche gerade, mir nicht vorzustellen, wie sie darin aussehen. Was für eine Frage, wenn ich nur könnte. Aber erst würde ich sie ärgern und meine Lusttropfen auf ihrem Arsch abtropfen lassen.

Anja

Also heute Nacht geht es ja mal richtig zur Sache. Dass ich zu solchen Worten überhaupt fähig bin. Ich bin doch eigentlich ganz brav, aber dieser Herr Reller löst was in mir aus, dass ist mir echt noch nie passiert. Wie geht das denn? Wir haben uns bis auf diese dreimal zehn Minuten nicht einmal mehr gesehen, das ist über vier Monate her, aber meine Phantasie lebt auf wie eine Pflanze, die nach dem Winterschlaf so richtig explodiert. Na die Beschreibung passt ja auch echt gerade zu meinem Zustand. Ich frage ihn, wie das geht, ohne dass wir uns jemals berührt haben. Er schreibt, dass das ja noch schlimmer gewesen wäre und dass ich die Chance beim Kaffee gehabt. Bei meinen Blicken, …wenn es passiert wäre. Echt jetzt? Da war ich noch gar nicht heiß auf ihn, na gut, vielleicht ein wenig, aber fürs Bett hätte es nicht gereicht, so schnell kann ich das nicht. Sie hätten mich gevögelt, nach dem wir uns zweimal kurz gesehen haben? Das schockt mich jetzt ehrlicherweise doch sehr und ich bin sofort wieder down. Das bedeutet also, dass er mit jeder Frau vögelt, auf die er Lust hat und die bereit dazu ist? Wie im schlechten Groschenroman. Das muss ich jetzt erstmal verdauen, aber klar, was denke ich denn? Wer einer wie mir schreibt, der ist nicht wählerisch.

Leonhardt

Jetzt wollte sie wissen, ob ich es gewollt hätte, als ich geschrieben habe, dass sie die Chance beim Kaffee gehabt hätte.

Also habe ich ihr geschrieben: „Bei ihren Blicken, …wenn es passiert wäre." Und das meine ich auch so. Nur ein klitzekleines Zeichen von ihr und ich weiß nicht was passiert wäre. Aber sie schreibt direkt, dass sie da noch nicht heiß auf mich war. Wie meint sie das denn, ihre Blicke haben ja wohl eine eindeutige Sprache gesprochen. Sie schreibt, dass das erst kam mit dem, was wir uns danach geschrieben haben. Stimmt schon, bis dahin war alles noch einigermaßen harmlos, erst an dem Tag, als wir uns das letzte Mal sahen, ging es so richtig los. Sie schreibt, dass da erst ihre Lust gewachsen ist, weil sie offen war und geschrieben hat, was sie ehrlich dachte. Wie habe ich das denn geschafft?

Aber ihre Worte enttäuschen mich schon.

Inzwischen ist es ein Uhr dreißig, Zeit zum schlafen und Ego streicheln wegen dieser abweisenden Worte.

16. Dezember

Leonhardt

Jetzt fahre ich schon seit Tagen bei Frau Marisch am Haus vorbei, aber nie ist sie da. Das schreibe ich ihr dann auch mal. Klar, sie hat ja einen ähnlich anstrengenden Job wie ich und ist bestimmt früh schon zeitig weg und kommt erst spät nach Hause. Ich bin mir noch nicht einmal sicher, ob ich wirklich wollen würde, dass sie da ist, aber ich kann mich kaum noch zurückhalten, wenn ich an sie denke. Vor allem nach dem, was wir uns so in den letzten Tagen geschrieben haben. Heißer und geiler geht es fast nicht und wenn nur die Hälfte davon so ist, wie sie es geschrieben hat, dann wäre es mit ihr alles, aber eines nie: Langweilig. Ich weiß nicht, ob ich wirklich klingeln würde, wenn sie da wäre, aber es zieht mich tatsächlich zu ihr hin. Ich weiß nicht, was ich erwarte, aber beim Kaffeetrinken würde es wohl dann nicht bleiben. Und ich hoffe, dass sie mich dann nicht abweisen würde.

Anja

Man, bin ich erledigt heute. Ich weiß nicht wie lange ich das noch schaffe, meine beiden Controller zu vertreten und dennoch meine Leiteraufgaben zu erfüllen. Ich kann ja einfach schlafen gehen und bin deshalb heute schon um halb acht im Bett. Schlafen kann ich ja meistens trotzdem nicht

gleich, aber irgendwie ging es heute doch. Bin leicht wegge-
nickt und pling, eine WhatsApp Nachricht. Ach nein, heute
habe ich keine Lust mehr auf wen auch immer. Ich schau
natürlich trotzdem drauf. Herr Reller war das, doch keine 5
Wochen Pause wie sonst immer nach unserem letzten zu-
gegebenermaßen wahnsinnig heißen Schlagabtausch. Er ist
gestern und heute bei mir lang gefahren, aber ich war nicht
zuhause und vielleicht war das auch gut. Sofort bin ich hellwach. Wie ist das denn gemeint? Also wirklich im Sinne von
ehrlich? Aber wenn ich nur daran denke, dass es geklingelt
hätte, ich geglaubt hätte DHL wäre es und dann hätte Herr
Reller vor der Tür gestanden, bringt meinen Puls direkt auf
über 200. Es reicht ja schon aus, wenn ich sein Auto mal
irgendwo sehe, selbst da schießt mein Puls gleich hoch. Ich
brauche gerade etwas Zeit, um Antworten zu können. Also
schreibe ich ihm, dass das vermutlich gut für ihn war, da ich
heute meine neue Unterwäsche anhatte. Und dass ich nicht
mehr weiß, ob dieser Netzfetzen oder diese neuen Teile heißer sind. Und das stimmt wirklich. Zwei wirklich schöne Sets
habe ich mir bei Hunkemöller geholt. Eins ist rosa und
schwarz mit ganz viel Spitze, und das andere dunkelblau
und Bronze und auch mit ganz viel Spitze. Beide mit Strings,
die sich wahnsinnig sinnlich am Arsch anfühlen und Herrgott
nochmal ich stehe damit so gern vorm Spiegel und schaue
es mir an. Insofern habe ich die ganze Wahrheit gesagt. Ich
habe noch geschrieben, dass seine Lusttropfen nicht wissen
würden, wo sie zuerst hinsollten und dass er seiner Phantasie freien Lauf lassen soll, noch richtig was drauflegen soll
und dann wird es passen. Und natürlich liebe Grüße.

Leonhardt

Was schreibt sie? Sie hatte heute ihre neue Unterwäsche an. Die will ich sehen, ihre heißen Brüste und der geile Arsch eingepackt in Dessous. Ob ich das ertragen würde weiß ich nicht. Aber ich will es sehen. Es gibt ja fast nichts Schöneres für mich als Frauen in heißen Dessous, Strapse sind noch heißer. Die würde ich ja gern mal mit Frau Marisch einkaufen gehen. Ob wir beim Anprobieren in der Kabine nur Probieren oder gleich mal Ausprobieren würden, da wäre ich mir so gar nicht sicher. Wie die Dessous wohl aussehen, vielleicht rot und mit ganz viel Spitze? Wenn ich das jetzt frage, werde ich sofort kommen. Also schreibe ich ihr, dass ich einen Lusttropfen gerne auf ihrem geilen Arsch abtropfen lassen würde und auf ihrem T-Shirt, wenn ihre Nippel stehen. Und dann frage ich noch was ihre Unterwäsche ist, das lässt mich sonst nicht los. Wie meint sie das denn jetzt schon wieder, dass ich den Anblick nicht ertragen würde? Sie würde den Anblick selbst fast nicht verkraften kommt da. Wie meint sie das denn? Wie macht sich das bei Ihnen bemerkbar frage ich also nach.

Sie findet es schön, ihre verpackten Brüste anzufassen und findet es megageil, wenn der Spitzstoff vom Slip zwischen ihren... Und der Satz wird nicht vollendet, aber ich kann es mir auch so denken.

Jetzt fordere ich sie auf, für mich diese herrlichen Brüste anzufassen, sie zusammen zu drücken und hoch zu ihrem Mund zu bringen und an den steifen Nippeln zu lecken.

Aber sie meint, dass sie sie nicht bis zum Mund bekommt, so groß sind sie nicht. Und sie würde es gerne mir überlassen und mit ihren Händen etwas anderes anstellen. So groß sind sie nicht? Na das kann ich mir ja nun gar nicht vorstellen, ich jedenfalls habe sie schon groß in Erinnerung. Und ich würde sie auch gern zusammendrücken, dann klatschen lassen und fest daran saugen. Gerne könnte sie sich in der Zwischenzeit um mich kümmern, da hätte ich eine Menge Ideen. Bei dem Gedanken daran, wird mir ganz heiß und vor allem wird es wieder sehr eng zwischen meinen Beinen.

Anja

Da denkt Herr Reller ernsthaft, dass ich meine Brüste bis an meinen Mund bekomme. So groß, tut mir leid, sind sie nun wirklich nicht. Und so schreibe ich ihm, dass ihm da wohl seine Phantasie einen Streich gespielt haben muss. Und dass ich mich drauf freue, wenn er dran saugt und sie klatschen lässt, was das auch immer sein soll.

Leonhardt

Da hat mir meine Phantasie einen Streich wegen der Größe ihrer Brüste gespielt? Aber ganz sicher nicht, ich weiß doch, was ich gesehen habe und die waren eines, aber bestimmt nicht klein. Jetzt schreibt sie noch, dass es gar nicht so einfach ist, schöne „Verpackung" für ihre zwei Prachtstücke zu bekommen. Da würde ich doch gern beratend zur Seite stehen. Schreibe ihr gleich, dass ich sie gerne verpackt sehen möchte.

Und jetzt hat sie auch Homeoffice hat, aber dennoch keine Zeit, außer am Montag. Klar, Homeoffice heißt ja auch nicht frei. Das sind aber bei mir auch die stressigsten Tage, kurz vor Weihnachten wollen die Leute ja immer noch Wunder erfüllt haben.

Das macht mich schon wieder total heiß, mit ihr zu schreiben, das schreibe ich ihr auch, eigentlich alles nur kleine Anspielungen, aber bei unserer Vorgeschichte malt meine Phantasie immer viele heiße Bilder.

Anja

Na das wird doch wieder nichts mit uns, er keine Zeit, ich keine Zeit, wir müssen überhaupt keine Befürchtungen haben, das übers Schreiben hinaus hier irgendwas passiert. Es macht ihn schon wieder heiß, unser Schreiben, na mich erst, wie sowas geht, ohne jegliches Berühren, das wird mein Verstand nie begreifen. Ich schreibe ihm also, dass ich schon wieder total heiß bin und nun gar nicht mehr schlafen kann. Da will er gleich wieder aufhören um mich nicht zu verbrennen. Herr Reller, bei ihnen würde ich jetzt am liebsten lichterloh brennen. Dann schreibt er auch noch, dass er ja seinen Ständer wegbekommen muss. Na da wäre ich doch gerne behilflich, also wenn ich dürfte, außerdem möchte ich den so viel Beschriebenen sehen. Ich könnte auch ganz lieb zu ihm sein.

Leonhardt

Jetzt will sie auch noch meinen Ständer sehen und dabei behilflich sein, ihn weg zu bekommen. Die Vorstellung allein macht es nun gar nicht besser, im Gegenteil, da besteht gleich noch mehr Gefahr.

Aber das könnte sie gern machen, gleich in der Hose könnte sie anfangen und alles andere wäre mir egal. Das würde sie ohne Hose noch lieber und da soll ich mal etwas Zeit einplanen, ist ihre Antwort darauf. Was das schon wieder bedeuten soll, das kann doch nichts Gutes bedeuten. Und schon verweist sie wieder auf ihre „Kiste". Und schon springt mein Kopfkino an und ich stelle sie mir vor mir kniend vor, wie sie langsam meine Hose runterzieht und sich liebevoll ans Werk macht. Am besten wäre es, wenn sie ihre Hände gar nicht nutzen dürfte und alles mit dem Mund machen würde. Und klar, diese vielbeschriebene Kiste muss doch Sexspielzeug enthalten, denn jetzt schreibt sie von einem roten Band und das ich auch etwas verpasst bekomme und sie schon wieder ganz nass ist. Da soll man noch ruhig bleiben. Jetzt will sie nochmal in ihre Kiste schauen, was sie noch benutzen könnte. Also da würde ich ja zu gern einmal drin stöbern wollen und frage gleich mal, was das denn wäre. Sie wollte es mir nicht vorher verraten, ist sich aber sehr sicher, dass es meine Sinne geil finden würden. Dann möchte ich mich auch überraschen lassen und schreibe ihr: „…dann bitte nicht!"

Grad scrolle ich nochmal durch die Bilder und bleibe schon wieder bei den roten Stiefeln hängen, das war ein schöner Tag, der mit dieser Überraschung begann.

Jetzt will sie wissen, welche denn meine Favoriten sind, wenn ihr Fuß damit auf meiner Brust steht. Das ist nicht schwer, Highheels, die schwarzen natürlich. Dann will sie noch genau 2 Teile dazu anziehen. ja, bitte, bitte unbedingt dieses enge T-Shirt. Jetzt stelle ich mir vor, wie sie vor mir ist und ihren Schuh auf meiner Brust abstellt und nur noch dieses enge T-Shirt anhat und vielleicht noch einen kleinen anderen Fetzen und mein Schwanz reagiert sofort.

Das möchte sie jetzt in echt erleben, ich doch auch, aber das wird schwierig.

Zum Schluss bedankt sie sich noch für den schönen Abend. Ja, das war wieder sehr heiß und ich muss mich erstmal runterbringen.

17. Dezember

Anja

Da Herr Reller ja ein Ästhetiker ist, schicke ich ihm heute mal ein Bild von meinem neuen superheißen BH. Mal sehen, ob ihn das Schmunzeln lässt. Aber er scheint wieder viel Stress zu haben, denn es kommt nur ein: „…liebe Grüße zurück!"

18. Dezember

Leonhardt

Ich hatte gestern wieder so viel Stress und Moritz war auch mit, weil die Kitas ja auch schon wieder zu sind, dass ich gar nicht richtig auf das Bild von Frau Marisch reagieren konnte, schade, sie hat mich direkt wieder Schmunzeln lassen. Also frage ich heute nochmal nach: „Frage mich immer noch, was das ist?"

Anja

Hat ihn also das Bild doch nicht so ganz losgelassen, denn heute kommt, dass er sich immer noch fragt, was das ist. Jetzt überlegt er aber nicht schon seit gestern, oder? Da wäre ich ja enttäuscht und müsste eine völlig eingeschlafene Phantasie unterstellen und das kann ja nach dem, was wir uns die letzten Tage geschrieben haben gar nicht sein. Ich glaube eher, dass es ein Spiel ist.

Er schreibt, dass er gerade etwas Ruhe hat. Ruhe hat er, ist ja fast nicht zu glauben. Als er dann endlich auf den BH kommt, kleiner Charmeur, kommt gleich hinterher, dass der wohl auch geradeso die Nippel bedeckt. Das kann ich mir gut vorstellen, dass sie das gerne sehen wollten. Und als ich ihm schreibe, dass er gut einpackt und das meine BHs ja auch bissel was tragen müssen kommt ein:"…ach müssen sie das?" hinterher. Klar, das können Männer nicht verstehen, dass es mit etwas größeren Brüsten schwierig ist, da schöne Unterwäsche zu bekommen. Es reicht ja auch, wenn sie uns darin bewundern und das bestätigt er mir direkt, dass er diese Probleme nicht hat, es sich aber nur zu gerne anschaut. Richtig so, eure heißen Blicke sind unsere Belohnung. Jetzt will ich aber auch wissen, wie er sein Prachtstück einpackt. Wenn jetzt Boxershorts kommen, bin ich direkt abgetörnt. Aber es kommt die richtige Antwort: „...ich mag es eher eng. Wenn alles so rumhängt, is ni meins. Nur nackt darf es hängen!" Oh ja, das würde ich jetzt direkt sehen wollen, anfassen noch lieber. Und auf meine Frage, ob ich das mal sehen kann kommt nur ein: „...nur live!" Aber unbedingt, was hilft mir denn ein Bild davon. Er hatte mir ja mal geschrieben, dass es ihm egal ist, was ich mit ihm mache, nur zu zart dürfte es nicht sein. Sehr gut, auch hier besteht Einigkeit, denn ich mag es auch nicht so blümchenhaft.

Leonhardt

Was mag sie auch nicht, das Blümchenhafte? Das geht ja schon mal in die richtige Richtung und da höre ich schon das Klatschen, wenn sie ein paar auf ihren Arsch bekommt, das schreibe ich auch direkt. Auf ihre Frage, ob ich das tun würde antworte ich ihr, dass es ohne doch wohl gar nicht geht. Das hätte sie jetzt gern von mir kommt als Nächstes und ich schreibe ihr, dass es bei jedem festen Stoß noch eins auf den Arsch geben würde. Und jetzt bin ich wirklich auf ihre Antwort gespannt, die nicht auf sich warten lässt. Sie findet es himmlisch und meint noch so, dass es fest sein muss. Ob sie sich das einmal in der Praxis wünschen darf, wenn sie sich dafür revanchieren darf. Sie bringt mich schon in Versuchung, leider geht das aber nicht. Aber allein die Vorstellung treibt mir den nächsten Lusttropfen raus.

21. Dezember

Anja

Heute war ich kurz bei meinen Eltern, die Mädels sind bis Mittwoch in Sergen. Papi hat seinen Feuerkorb, den er schonmal zu Weihnachten bekommen hat, eingeweiht. Ich sollte schon 16 Uhr das sein, aber das ist so kurz vor dem Jahresabschluss völlig ausgeschlossen, 18 Uhr habe ich aber geschafft. Papi hatte schonmal Feuer gemacht und dann eben danach gegrillt und Mutti hat Glühwein gemacht. Dann haben wir mit Papi ganz traditionell Bratwurst mit der Zange gegessen, ist ja klar, für jeden Blödsinn ist er zu haben, so war er schon immer und egal wie Mutti gemeckert hat. Und das Wetter hat auch gepasst, war schön kalt und so hat es mit Glühwein auch Spaß gemacht.

Habe ich dann mal gleich ein Statusbild eingestellt.

Der Quatsch hat Herrn Reller auch gefallen und er hat bestätigt, dass kein Mensch Messer und Gabel braucht. Klaro, macht doch viel mehr Spaß. Hab ihn dann gefragt, ob er nun bald Urlaub und seine „Ruhephase" hat, auf die er sich schon im September gefreut hat. 22.12. sollte ja sein letzter Tag sein, na der wird es natürlich nicht, war ja schon klar. Ich hatte freundlicherweise angeboten, ihn aufzumuntern. Und dann kam nach 20 Uhr wieder nichts mehr.

Kurz nach 21 Uhr, ich war gerade zum Duschen gehen ausgezogen, da schreibt er: „…schreiben Sie, liege gerade nackt im Bett. Lassen Sie den Lusttropfen kommen!" Und unsere Lieblings-Teufel-Emojis. Bitte was? Da muss ich erstmal wieder zur Ruhe kommen. Und hab dann vor meinem geistigen Auge Herrn Reller, wie er nackt auf dem Bett liegt, aber nicht weit weg, sondern in meinem und so wie Gott ihn schuf, in meinen Gedanken sieht es zum Anbeißen und drüber Herfallen aus. Eigentlich hätte ich schreiben müssen: „Finde den Fehler?" Womit ich dann den falschen Liege Ort gemeint hätte. So aber schreibe ich, dass es ein Verlust für mich ist und dass es sicher Wahnsinn wäre.

Damit habe ich ja nun heute gar nicht mehr gerechnet. Und ehrlich, ich würde einfach gern einmal dieses passive Genießen mit ihm probieren wollen, Augenbinde auf, Hände zusammenbinden und dann den Körper des Anderen entdecken, ganz in Ruhe und jedes Detail.

„Sie...nicht in der Lage mich anzufassen, weil das rote Band zum Einsatz kam...Höllenqualen, weil mein Mund kräftige Saugbewegungen macht, NEIN...da nicht..." Sollte heißen, dass ich ihm die Hände zusammengebunden hätte, damit er mich nicht anfassen kann und dann hätte ich in Ruhe seinen Körper erkundet und ihm die schönsten Gefühle verschafft. Ich wäre bei diesem Spiel außen vor, das wäre das Geben-Spiel, also geben ohne mit der eigenen Erregung befasst zu sein und den Körper des Gegenübers einfach mal ganz intensiv kennen zu lernen. Ich habe keine Ahnung, wie lange, dass zwei Menschen durchhalten können, aber es käme auf den Versuch drauf an. Darüber hatten wir schonmal philosophiert, damals fand er es ganz spannend, und jetzt kam: „...mhhh...möchte aber kann nicht, mein Schwanz würde stehen vor Geilheit!!!" Na das hoffe ich doch und habe angeboten, den Zustand zu heilen. Nebenbei hatte ich noch erwähnt, dass ich in meiner Kiste etwas gefunden habe, was er gebrauchen könnte, roter Griff, den Rest habe ich seiner Phantasie überlassen und so schwer war es dann nicht. Und sofort kam dann auch gleich, dass ich es wohl mag, meinen Arsch versohlt zu bekommen und ein schönes...verdammt steht er gerade!" Und Teufel ohne Ende. Ich habe angeboten, dass er es gerne tun kann und er hat es mit „...nur ganz zart" angenommen.

Leonhardt

Die sind ja witzig, Bratwurst mit Zange essen, warum nicht, Spaß muss sein, bloß nicht alles so ernst nehmen. Jetzt fragt sie nach meinem Urlaub. So wie es aussieht, werde ich bis zum 23.12. gehen müssen, wenigstens meine Jungs können den 23. zuhause bleiben. Aber hilft ja nichts. Also Frau Marisch würde mich aufmuntern, na das kann ich mir vorstellen, mal sehen was sie für Ideen hat. Vielleicht habe ich ja nachher noch Zeit dafür.

Eine Stunde später: Doch schon wieder 21 Uhr durch, mal sehen ob Frau Marisch noch Lust auf einen kleinen erotischen Schlagabtausch hat. Ich schreibe ihr, dass ich nackt im Bett liege und sie den Lusttropfen kommen lassen kann. Ich bin immer wieder überrascht, was da so manchmal an Ideen kommt, die wir uns dann im Ping-Pong hin und her spielen. Heute schreibt sie, dass ich nicht in der Lage bin, sie anzufassen, weil ein rotes Band zum Einsatz kommt. Und dann hat sie in ihrer Kiste, die mich immer noch wahnsinnig neugierig macht, etwas gefunden mit einem roten Griff, was ich gebrauchen könnte.

Das ist mal leicht: ich werde also gefesselt und kann nichts tun. Da stelle ich mir echt geil vor, wie sie mit ihrem Mund bestimmte Stellen an mir verwöhnt und ich kann nur Eines: Genießen ohne etwas zu tun. Und die Peitsche ist auch so ein Thema. Ihren geilen Arsch, am besten mit einem schönen Netzteil, mal nach Herzenslust auspeitschen, ich würde auch ganz vorsichtig anfangen, das wäre auch ein Traum von mir, den ich mir gerne erfüllen würde.

Dann will sie wissen, was ich mit meinem Prachtstück gerade mache. Das, was sie lieber machen sollte oder wo sie zumindest zuschauen dürfte? Wie jetzt? Sie will zuschauen, das ist ja mal eine geile Vorstellung. Ich mach es mir vor ihr und am besten sie vor mir. Ich bin mir nicht sicher, ob ich dann lieber auf ihre Highheels oder ihren ausgepeitschten Arsch spritzen würde. Da kommt sofort: „BEIDES...BEI-DES..." Da schlage ich doch lieber vor, dass sie erstmal duschen geht. Aber sie meint, dass es dadurch ja nicht besser wird. Als ich ihr sage, dass mein Lusttropfen noch nicht kam, hat sie vorgeschlagen, dass ich ja das machen könnte, was sie gerade tut: sie von oben bis unten einölen. Die Vorstellung, diese Brüste nach Herzenslust massieren, drücken und an ihnen saugen zu können, danach das ganze zwischen ihren Beinen fortsetzen zu können und dann diesen geilen Arsch bearbeiten zu können treibt mir jetzt doch den Lusttropfen raus. Das schreibe ich ihr auch und sofort kommt die Beschwerde: „Das war meiner..." Als kleinen Ausgleich schlage ich vor, dass sie sich vorstellt, wie er an ihren Lippen klebt und sie ihn schmecken kann. Ich weiß, dass das nicht so besonders nett ist, aber mal sehen, was sie draus macht.

Anja

Unfassbar. Jetzt schreibt er mir, dass ich mir vorstellen soll, wie sein Lusttropfen an meinen Lippen klebt. Ist doch nicht sein Ernst. Das kann man ja nicht ertragen. Wenn ich ihn mal in die Finger kriege, wird das ein echt böses Ende für ihn nehmen. Schon will er wieder aufhören zu schreiben, um nicht einen Ständer zu bekommen und etwas dagegen tun zu müssen. Da muss ich ihn doch gleich mal fragen, was denn daran schlimm ist oder ob er sich nicht gerne anfasst. Weil, wer sich selbst nicht gerne anfasst, hat ja auch keine Freude an seinem eigenen Körper und das wäre echt schade. Aber er findet es böse, dran zu denken, mich anzuspritzen. Es ist doch echt eine Schande, was mir so alles entgeht.

Und irgendwie sind wir dann doch ins Poetische und in die aktuellen Themen dieser Welt abgerutscht.

Warum auch nicht. Erst etwas philosophisch, mit dem, was uns im Leben so alles entgeht. Und ich habe dann so geschrieben, dass ich es eh niemals erleben werde, was wir hier an erotischen Phantasien austauschen und dass es so kommen wird, wie es das Leben für uns vorgesehen hat. Das ist auch wirklich meine Überzeugung. Wer in meinem Leben nicht sein möchte, der muss es auch nicht. Und dass ich nur noch Menschen in mein Leben hineinlasse, die mir guttun, auf welche Art auch immer. Da hat sich Herr Reller gleich dafür bedankt und meinte noch so, und das obwohl wir uns eigentlich nicht kennen und tatsächlich ist es ja auch so. Aber unter anderem er war es auch, der mir im letzten Jahr die schwere Zeit etwas leichter gemacht hat. Das mit dem „…eigentlich nicht kennen…" hat mich dann auch gleich wieder ins Grübeln gebracht. Wann kenne ich denn einen Menschen wirklich? Hat es tatsächlich was damit zu tun, wie lange man jemanden kennt, wie oft man jemanden gesehen hat? Ich glaube nicht, denn nur das pure beieinander sein, bringt einen nicht nahe an eine Person. Wenn man miteinander nicht über das reden kann, was man denkt und fühlt, dann nützt das schönste Beieinandersein nichts. Man wird sich nie richtig verstehen und verstanden fühlen. Insofern ist es schon eine besondere Ebene oder Sphäre eher, die ich da mit Herrn Reller teile. Das darf ich ihm natürlich nicht sagen, dann bekommt er bestimmt Angst. Aber jemandem zu erzählen, was man sich sexuell wünscht oder besser vorstellt, das hat schon etwas wahnsinnig Intimes, eine Ebene, die ich in diesem Leben erst mit einem Menschen erreicht habe und das war nicht mein Ehemann. Wenn ich daran denke, dass ich gesagt hätte: „Peitsch mich aus und nimm mich dabei hart von hinten...!" dann kann ich mir schon das Gesicht vorstellen und das wäre nicht besonders positiv gewesen. Aber warum nicht. Irgendwann, als wir beim „Netzfetzen" angekommen waren, sind wir abgerutscht und es wurde sehr deutlich ausgesprochen, nein geschrieben, was es da so an Ideen, vielleicht Phantasien oder unausgesprochenen Wünschen gibt. Und es hat mich mehr als nur angetörnt dann solche Dinge wie auspeitschen, ohne Hände oder vor mir knien zu lesen. Vielleicht, nein, ganz sicher deshalb, weil ich weiß, wie es auch sein kann und weil ich diese Qualität beim Sex bevorzuge, eben Qualität vor Quantität in jeder Hinsicht.

Ich würde ja wirklich gern mal so eine Flasche Wein und 5 Stunden Zeit mit Herrn Reller haben wollen. Erstens, um zu sehen, was passieren würde, zweitens, um zu erfahren, ob das, was er schreibt auch wirklich das ist, was er möchte, sich aber auch nicht traut, das zuhause anzusprechen und drittens, was das ist, das in ihm dieses von Blümchen zu Blümchen auslöst. In eine intakte Beziehung kann ja niemand eindringen, das ist dann wie ein Bollwerk, in sich geschlossen, nicht angreifbar. Aber wenn man selbst aktiv solche Techtelmechtel anschiebt und das über einen so langen Zeitraum immer und immer weiter pflegt und vorantreibt, was die Intimität und Erotik betreffen, dann muss schon mehr als nur „etwas" im Argen liegen. Aber auch das werde ich vermutlich nie erfahren. Und das wird etwas sein, was ich in den letzten Atemzügen meines Lebens denken werde: Dass ich Herrn Reller verpasst habe!

Leonhardt

Jetzt wird es poetisch. Sie schreibt, dass ich ja alles Mögliche behaupten kann, sie wird es ja sowieso nicht erleben. Die Wahrscheinlichkeit ist hoch, dass das stimmt. Ich will ja nur etwas Spaß über WhatsApp, mehr nicht. Eigentlich geht es sonst auch nie soweit bis ich das Interesse verloren habe, aber das hier ist schon etwas mehr im Privaten, das mag ich eigentlich gar nicht so gerne.

Ich weiß auch nicht, was sie da bei mir triggert, aber manchmal, möchte ich ihr einfach Dinge erzählen, die mich gerade beschäftigen.

Und ebenso hat sie recht, wenn sie sagt: „... es wird alles passieren, was passieren soll!"

Das glaube ich auch, man darf nur nichts erzwingen und das Leben wird sich so sortieren, wie es sein soll.

Jetzt will sie wissen, wieviel Kinder ich habe. Leider nur den Bubi. Sie schreibt, sie hatte mal drei, jetzt nur noch 2. Was ist denn da passiert? Nicht über WhatsApp. dann muss es ja was Schlimmes ein, ich glaube, das will ich dann lieber gar nicht wissen.

Anja

Manchmal spüre ich bei Herrn Reller auch so eine Art Verzweiflung an dieser Welt. Schade, dass ich nie mit ihm reden darf, interessant ist er in jedem Fall.

Er schreibt, dass hier nicht mehr viel kommen wird, jetzt, wo das Virus mutiert ist und dass ihm unsere Kinder leidtun, weil sie nicht mehr so unbeschwert aufwachsen werden wie wir, über die kaputte Umwelt und die Überbevölkerung und dass es für Verbesserungen längst zu spät ist. Das sind manchmal so Gefühlsausbrüche von ihm, die ich dann erstmal für mich sortieren muss.

24. Dezember

Leonhardt

Ich werde mal ein paar Weihnachtsgrüße verschicken. Frau Marisch bekommt auch einen. Antwortet aber nicht. Komisch. Sonst dauert das ja nie solange.

Ganz spät Abend kommt dann doch noch eine Antwort: Das ich ein Geschenk für sie war, oft berührend, wahnsinnig phantasievoll, irre erotisch, einfach wunderschön, und weit entfernt. Und dass sie oft über mich nachgedacht hat. Oh nein, bitte nicht über mich Nachdenken lieber Entfernen von mir. Und wenn ich es mir recht überlege, dann hat sie mit Allem recht, was sie schreibt. All das war es auch für mich. Berührend, wenn es mal melancholisch wurde. Ein schöner Ausflug ins Phantasievolle und in die Erotik, irre erotisch trifft es dabei tatsächlich ganz gut. Aber was meint sie mit weit entfernt? Wenn sie so ihre philosophischen Ausbrüche hat, muss ich manchmal dreimal lesen um es zu verstehen. Wäre bestimmt interessant, mal lange mit ihr zu reden. Aber das lassen wir mal lieber. Was hier seit Ende November abge-gangen ist, war eh schon über der Grenze des Normalen und es hat mich auch angefasst. Vielleicht sollten wir das Jahresende auch als „unser" Ende ansehen. Bevor es hier wirklich noch zu Körperlichkeit kommt.

Anja

Herr Reller schickt mir einen Weihnachtsgruß. Das ist aber lieb von ihm. Wie kommt er denn darauf? Unsere Kontakte beschränken sich doch eher auf das Erotische und nettes Geplänkel ist doch eigentlich nicht dabei.

Ich freue mich dennoch sehr und werde ihm heute Abend antworten.

Eigentlich wollte ich mich zum Jahresende von ihm verabschieden, bevor mein Herz hier noch Schaden nimmt. Mal sehen, ob ich das tun werde. Oder ob es als Ghosting endet.

31. Dezember

Anja

Letzter Tag im Jahr. Zeit für ein paar persönliche Worte für besondere Menschen.

Was war das für ein Jahr für mich. Noch nie in meinem ganzen Leben habe ich soviel geändert und für mich verbessert. Und erstaunlich, wieviel Menschen neu oder wieder in mein Leben gekommen sind und dafür gesorgt haben, dass mir mein Neustart ganz gut gelungen ist. Dankbarkeit ist das Gefühl, was ich am Ehesten mit dem abgelaufenen Jahr in Verbindung bringe und deshalb werde ich heute einer Handvoll besonderer Menschen auch einen sehr persönlichen Neujahrsgruß senden.

Nr. 1 unbestritten und weit, weit vorn: mein Robert, mein Lieblingsmensch, mein Immer-für-mich-da-Mensch und mehr muss man da auch gar nicht erwähnen.

Nr. 2 Michaela, trotz ihrer vielen eigenen Sorgen immer für mich da, analytisch, intelligent.

Und dann noch ein paar Menschen zu denen ich auch Herrn Reller zähle. Natürlich wird ihm nicht klar sein, dass er mit seiner lockeren und dann auch wieder sehr tiefgründigen Art für etwas Leichtigkeit und Freude bei mir gesorgt hat. Das hat mir die Situation ab und zu leichter gemacht. Ich würde es ihm gerne persönlich sagen, aber das ist ja leider nicht möglich und eigentlich wollte ich mich heute von ihm verabschieden. Zum einen, um ihm seinen Frieden zu lassen und auch für meinen inneren Frieden. Wenn ich so an den November und Dezember denke, dann ist es schon sehr heiß zugegangen, das kann für seine Beziehung nicht gut sein, aber wäre ich es nicht, wäre es vermutlich eine andere Frau gewesen.

Also wünsche ich ihm einen wundervollen Jahreswechsel, viel Gesundheit und Ruhe für sein Herz, vor allem Ruhe für sein Herz und abschließend alles Liebe. Ob er die Botschaft versteht?

Leonhardt

Jetzt bekomme ich von Frau Marisch Neujahrswünsche, das ist aber lieb von ihr, die gebe ich ihr gleich mal zurück und natürlich ganz liebe Grüße. Verrückt, diese Geschichte mit ihr, die schon lange hätte enden sollen, aber irgendwie gelingt uns das Loslassen nicht so. Einer fängt immer wieder an. Aber rückblickend hat sie mir manche Tage oder Momente ein Schmunzeln gebracht und so manchen heißen Schlagabtausch inszeniert. Ich finde, dass sie mir ein wenig Leichtigkeit in den Alltag gebracht hat, wo manchmal nur Stress war. Und klar, ich sollte das nicht tun, sollte lieber meine eigene Beziehung in Ordnung bringen sofern das überhaupt noch möglich ist.

02.Februar

Anja

Hab schon ewig nichts mehr von Herrn Reller gehört. Vermisse ihn schon etwas, na gut, ich vermisse ihn sehr, aber es ist bestimmt besser so. Ich glaube, er würde mir das Herz brechen, aber wenn ich versuche, das ganz neutral zu sagen und beiläufig zu sein, tut es doch schon weh und es stimmt auch einfach nicht.

Manchmal lese ich unseren WhatsApp Verlauf und denke dann dabei, ach schön und irre heiß und es kribbelt ganz schön in mir und es kam wie es kommen musste. Tollpatsch-Anja hat mal wieder den falschen Knopf gedrückt, oder doch den richtigen Knopf? Aber manchmal weiß ich auch nicht, was meine Finger führt. Vielleicht doch etwas, was helfen soll. Wobei auch immer. Vielleicht für diese Momente, die danach umso trauriger machen, weil nicht ist, was so schön wäre. Na jedenfalls bin ich nicht nur auf den Sprachaufnahmebutton gekommen, sondern gleich auf den Anrufbutton, Videoanruf natürlich. Ach du Scheiße, das geht ja nun gar nicht, ein nettes Pläuschchen mit mir und seine Frau neben ihm auf der Couch, oje.

Aber gleich zwei Minuten später schreibt er, ob alles gut ist und ob ich mich verdrückt habe und liebe Grüße. Ich habe da nicht bewusst draufgedrückt, vielleicht hat mein Unterbewusstsein für mich draufgedrückt. Aber zumindest stimmt das, wenn ich schreibe, dass ich unseren heißen WhatsApp „Verkehr" gelesen habe und direkt seine Stimme hören wollte.

Und er schreibt, „...das geht nicht...Sie sollen doch nicht!!!" Ich weiß doch, und es stimmt, dass es mir leidtut, dass ich das getan habe, weil, in Schwierigkeiten bringen wollte ich ihn nun wirklich nicht. Ich schreibe auch, dass es mir leidtut und das meine ich ganz ehrlich. Nach seinem „...muss Ihnen nicht leidtun!!!" schreibe ich, dass er schön schlafen soll und ich hoffe, dass es ihm gut geht und natürlich liebe Grüße und es ist ja auch schon 22:13 Uhr. Da sehe ich unter Leonhardt Reller: „schreibt...". Schreibt lange, wieso das denn? Nach: „das geht doch nicht und ich soll doch nicht" hätte ich gar keine Antwort erwartet. Die wird aber lang und ich bin gespannt:

Wow, aber jetzt. Ist gerade sehr stressig, das ist der Satz, den ich am häufigsten von ihm höre und den ich auch uneingeschränkt glaube. Und dass er seinen Jungen nicht mehr in die Kita gibt, aus Angst 14 Tage zuhause bleiben zu müssen und pleite zu gehen. Alles Mist hier gerade. Und dass viele seiner Bekannten und Freunde nicht mehr lange über die Runden kommen werden. Und wenn das noch bis Ostern geht, dann war´s das dann und Hauptsache wir sind alle gesund. Und dass er meine Sprachnachricht, die auch ein Versehen für 1 Sekunde war, erst morgen abhören kann. Und dass ich gut schlafen soll und liebe Grüße.

Was ist das denn für ein Gefühlsausbruch? So etwas habe ich ja noch nie von ihm gehört. Ich antworte noch sehr ausführlich, aber ich denke, dass er schon schlafen wird. Sollte er auch, ich glaube die Kraft, die ein Unternehmer jetzt braucht, wo einen bei Corona alle im Stich lassen, sollte man nicht unterschätzen. Und dann muss man echt aufpassen, dass man seine Kräfte erhält, gut so, dass er das macht.

Leonhardt

WhatsApp Anruf? Frau Marisch? Oh nein, das geht doch nicht. Aber ich habe schon ewig nichts mehr von ihr gehört. Nach dem, was wir uns im Dezember geschrieben hatte, wurde es mir doch zu heiß und ich habe den Kontakt, nun ja, abgebrochen, nennt man Ghosting soviel ich weiß. Aber ich könnte sonst für nichts garantieren und wir sind in der Theorie so weit, dass Praxis die logische Schlussfolgerung wäre und verdammt nochmal, ich bin manchmal so heiß auf sie, dass ich froh bin, wenn ihr Auto nicht vor ihrem Haus steht. Wenn sie das wüsste, was ihre Netzstrumpfhose, ihre neue Unterwäsche und alles das, worauf sie so Lust hätte, in mir auslöst. Da musste ich einfach reagieren und auf Abstand gehen. Auch wenn ich leide wie ein Hund und mir zehnmal am Tage sage, wie blöd ich bin. Wie es ihr wohl damit geht. Gut wäre, wenn sie kein Interesse an mir hätte, nein, das genaue Gegenteil von gut wäre es, wenn ich ausnahmsweise einmal ehrlich zu mir selbst wäre. Aber ich schreibe ihr gleich, irgendwie freut es mich, dass ich wieder etwas von ihr höre. Also frage ich, ob sie sich verdrückt hat und ob alles gut bei ihr ist und liebe Grüße natürlich. Nein, sie hat sich nicht verdrückt. Im Normalfall hätten wir sicher stundenlang telefoniert, ich bin mir ziemlich sicher, dass es ewig dauern würde, bis es mit ihr langweilig werden würde. Sie hat unseren heißen WhatsApp Verkehr gelesen und wollte direkt meine Stimme hören. Nur leider geht das nicht, so gern wie ich auch wollte. Am Tage könnten wir telefonieren, aber selbst da habe ich fast nie Zeit. Nur kurz würde immer gehen. Irgendwie gefällt mir die Vorstellung, ab und zu mal mit ihr zu telefonieren, ein paar Minuten hier, ein paar Minuten da, ein bisschen Freude im Alltag und an ihre Stimme kann ich mich gar nicht mehr erinnern, aber sie hatte mir gefallen. Eigentlich ist alles schon viel zu lange her und trotzdem ist es nicht zu Ende. Vielleicht soll es das auch nicht oder warum ist da immer wieder Kontakt. Alle anderen Techtelmechtel waren doch auch nach kurzer Zeit zu Ende. Warum gelingt das bei uns nicht, obwohl das Wort „uns" ja auch zu viel ist. Es tut ihr leid, dass sie angerufen hat und das möchte ich gar nicht. Schreibe es ihr auch gleich. Ich soll schön schlafen und sie hofft, dass es mir gut geht. Ich schreibe ihr gleich nochmal wie es mir gerade geht, was dieses Corona mit mir macht.

03. Februar

Leonhardt

Das ist aber eine lange Antwort, habe ich früh erst gelesen und natürlich wieder keine Zeit zu antworten, aber wenigstens kurz antworten möchte ich. Und doch geht es gerade wieder nicht. Über den Tag habe ich es vor lauter Stress wieder vergessen also habe ich Nachmittag wenigstens geschrieben, dass ich heute Abend in Ruhe antworten werde. Und das möchte ich auch wirklich tun.

Anja

Nach dem Gefühlsausbruch von gestern Abend hätte ich ja wieder auf Ghosting getippt. Aber Nachmittag schreibt er mir, dass er heute Abend in Ruhe antworten wird. Na mal sehen, das habe ich schon oft gehört, nie kam da was „Abends".

Bin gerade auf dem Supermarktparkplatz, stecke schon wieder mitten im Stress, der erste Monatsabschluss steht an und so viele Dinge, die ich letztes Jahr korrigiert habe gehen jetzt in die Umsetzung. Heißt aber auch, ich muss selbst ran, weil mein neuer Controller noch nicht so weit ist. Bloß gut, dass ich all diese Dinge schon mal gemacht habe, ich war schon immer daran interessiert, die Dinge zu durchdringen und im Zweifel konnte ich mir wegen dieser Neugier auch immer selbst helfen. Herr Reller hat schon geschrieben, ist doch noch gar nicht Abend und nicht, dass ich noch mit einer Antwort gerechnet hätte.

Was für eine lange Nachricht: „doch, doch, alles gut, es geht ihm wie mir, Arbeit ohne Ende und das schon zum Anfang des Jahres. Und wie gut es ihm tut, so viel Zeit mit seinem Jungen zu verbringen, dass er früher sehr viel verpasst hat, das jetzt nachholt und ihm einfach sehr viel Aufmerksamkeit und sehr viel Liebe schenkt, dadurch zwar Abends so richtig kaputt ist, aber das ihm das Lächeln seines Jungen und das es ihm gut geht gerade wichtiger ist. Und dass er nicht glaubt, dass hier jemand auf die Straße geht, es dem Deutschen doch noch zu gut geht, dass er keine Unterstützung abfordern kann und es ihm da genauso geht wie mir. Und dann hatte ich gestern abschließend noch gefragt, wer sich um den Fortgang seines Unternehmens kümmern könnte, wenn nicht er, darauf hat er geantwortet: „da gibt es Niemanden!"

Immer wollte ich wissen, was hinter dieser Fassade steckt und ich hätte drauf gewettet, falsch, darauf gehofft, dass er ein seelenloser Gigolo ist, der eine Frau nach der Anderen heiß macht und dann wieder fallen lässt und ich kann nicht begründen warum ich so gedacht habe. Vermutlich wollte ich das aus Selbstschutz glauben, aber ich hatte keine Chance, etwas rechts und links des Weges über ihn zu erfahren. Die heißen Phantasien, die er in der Lage ist bei mir zu wecken, waren so fast die einzige Grundlage unseres Kontaktes. Das war mir immer zu wenig und plötzlich nach dem versehentlichen Drücken auf einen Button und an 2 Tagen lerne ich so viel über diesen Mann kennen und glaube nicht, was ich da lese. Warum müssen sie denn so schreiben, dass es mir fast das Herz zerreißt. Wäre es nicht besser gewesen, einfach wieder zu ghosten? Und ich frage mich, was mir lieber wäre. Ernsthaft. Genau das wollte ich hören: Ein Mann mit einem riesigen Herz, mit unendlicher Liebe für seinen Sohn, dem es wichtig ist, dass es ihm gut geht. Da braucht man nicht mehr über einen Menschen zu wissen.

Der Kleine ist aber auch knuffig, den muss man ja liebhaben. Und wie er mich an David erinnert, ich kann mich heute noch ganz genau erinnern, als ich ihn das erste Mal auf dem Bild sah, 10.08., sein Geburtstag, wo es mich wie einen Schlag getroffen hat.

Leonhardt

Sie fragt mich, ob es die angekündigte Ruhepause gab und vermutet mal gleich „NEIN". Und dass es gut so ist, was ich mit meinem Jungen mache, dass mir Niemand jemals so dankbar sein wird für meine Liebe. Eigentlich schade, die Liebe zu einem Kind ist ja so ganz anders als die zu einer Frau, so bedingungslos. Warum kann es mit einer Frau nicht so sein? Nur dass ich nicht mehr daran glaube, dass es so etwas zwischen Mann und Frau geben kann. Zu sehr ernüchtert bin ich inzwischen. Manchmal aber, da kommt so ein winziges Fünkchen Hoffnung in mir auf, dass es sowas doch geben könnte. Ach Leonhardt, hör auf zu Träumen. Und sie freut sich immer von mir zu hören, ich bin ein interessanter Mann.

Dann schreibe ich ihr, dass ich mir heute seit Ewigkeit auch unseren WhatsApp Verlauf durchgelesen habe. Warum nicht, sie macht es ja auch. Und ich lese es auch nicht erst zum 10. Mal. Nun möchte sie mein Resümee zu unserem WhatsApp Verlauf wissen.

DIE Frage kann ich nicht ehrlich beantworten, niemals, dann müsste ich ja schreiben, dass es mir im Dezember zu weit und dann zu nahe ging. Und noch ehrlicher wäre es zu schreiben, dass ich es voll und ganz genossen habe, wie wir uns gegenseitig heiß gemacht haben und was ich an manchen Abenden getan habe, nein tun musste, um mich wieder runter zu bringen. Dass mich die Vorstellung daran, wie sie mit all ihren heißen Fetzen vor mir stehen würde, in Highheels, die sie scheinbar auch so liebt wie ich und die sie hoffentlich im Bett anbehalten würde und mit ihren riesigen Brüsten und ihrem geilen Arsch, schier in den Wahnsinn treibt und dass ich schon tausend Mal in meiner Vorstellung ganz tief in ihr drin war und sie ekstatisch meinen Namen geschrien hat als sie kam.

So aber schreibe ich völlig unterkühlt: „...war sehr nett zum Lesen!" Und dann noch etwas ehrlich: „Es wurde ein wenig eng!"

Anja

Ach, er liest auch unseren WhatsApp Verlauf. Der ist ja auch heiß. Aber nicht nur heiß, auch tiefsinnig und poetisch. Da bin ich auf sein Resümee gespannt. Ich würde es lieber direkt von ihm hören, aber das geht ja leider nicht. Er schreibt, dass es „nett zum Lesen" ist und dass es ein wenig „eng" wurde. Ein wenig, soso, na das lasse ich mal so stehen, hätte es aber gern gesehen oder, und das viel lieber noch, erspürt. Nett wäre mir jetzt vermutlich gar nicht eingefallen und ich schreibe ihm, dass ich ein anderes gewählt hätte, aber das ist ja immer subjektiv. Das Wort möchte er dann doch noch wissen: „Wahnsinnig heiß". Was denn sonst...

05. Februar

Anja

Heute sind wir aber eher auf der tiefsinnigen Ebene unterwegs, diese Gedanken mit Herrn Reller auszutauschen ist eine ganz andere Seite von ihm. In diesen Momenten vermisse ich unsere erotischen Schlagabtausche nicht einmal, weil diese Art der Kommunikation meinen Geist füllt und vor Allem zeigt er mir, wie er tickt. Und das ist leider nicht das, was ich erwartet habe.

Ich hatte mal wieder eröffnet und war noch wahnsinnig berührt vom Mittwoch, als er schrieb, wie gut ihm das Zusammensein mit seinem Jungen tut, dass er früher viel verpasst hat und ihm jetzt sehr viel Aufmerksamkeit und Liebe schenkt und dass es ihm so viel gibt, wenn er das Lächeln sieht und dass es ihm gut geht. Warum muss er mir denn so etwas Herzerweichendes schreiben, das macht es mir noch schwerer, endlich loszulassen.

Irgendwie hat er am 02.02. angefangen, mir ein paar Facetten von sich zu zeigen. Das, was ich immer wollte ist jetzt das, was dazu führt, dass ich dieses mich von Ihm Entfernen gar nicht mehr hinbekommen werde.

Und ich traue mich natürlich nicht zu fragen, ob es eine Zukunft für uns gibt obwohl mich nichts mehr interessiert als das zu wissen. Vermutlich habe ich aber einfach Angst davor, dass er nein sagen würde, was auch völlig klar ist.

Aber so gegen 23 Uhr als ich schrieb, dass ich glaube, dass mit ihm und einer Flasche Wein so ein Abend wie nix weggequatscht wäre. Und dass ich ihn manchmal lieber nicht kennen würde, aber ehrlicherweise er mir einfach viel zu gut tut kam so: …deswegen hatte ich den Kontakt eingeschränkt.

Schockstarre…und ist es nicht so oder auch so, dass es ihm inzwischen zu nah ging und er sich schützen muss?

Da musste ich nochmal nachfragen: wegen mir oder weil Sie ähnlich fühlen? Kam: wegen Ihnen.

Und da konnte ich dann nicht mehr denken. Ist es nicht vielmehr auch so, dass unsere erotischen Schlagabtausche von Dezember ihn auch angefasst haben und auch das, was wir gerade so miteinander an Weltanschauungen austauschen. Und war es auch seine Angst, dass ich ihm zu nahekommen könnte. Nicht körperlich, eher auf einer ganz anderen Ebene.

Jetzt wird mein Kopfkino wieder keine Ruhe haben.

Dann habe ich geschrieben, dass ich ihn ja gerne doof finden würde, aber er mir immer sympathischer wird und wenn er jetzt vor mir stehen würde…auweia.

Musste er schmunzeln und möchte grad meine Gedanken lesen können:

So was kann ich ja und schrieb dann auch ganz ehrlich:

Die sind so: Scheiße, scheiße, scheiße…So müsste er sein, der, der es nochmal in mein Herz schafft inkl. Bonuskind.

So Sissi-like schmalzig, aber diese Worte wollte ich schon immer mal benutzen, weil sie einfach eine Ehrlichkeit verkörpern, die jedes Gegenüber verdient hat und die von ganz tief drinnen kommt. Ja, so müsste er sein, dieses tiefsinnige und erotische gefällt mir. Ich glaube ja auch nicht daran, dass ich eines Tages mal irgendwo hin gehe und mir mein Traummann einfach so in die Arme läuft

Weggelassen habe ich, dass ich Angst davor habe, falls er mal vor mir stehen würde. Ich weiß nicht, was passieren würde. Und mir dennoch nichts mehr wünsche.

Ob ich die Tür wieder zumachen würde, einfach Kaffee kochen würde, ihm die Klamotten vom Leib reißen würde oder ob ich es genießen würde, dass er endlich da ist und ganz langsam und vorsichtig mit jeder Berührung sein wollte.

Und je mehr ich darüber sinniere, umso mehr komme ich zu dem Schluss, dass es letzteres sein müsste, alles andere wäre falsch vom Gefühl her. Und würde den Zauber des Anfangs zerstören.

Dann kam noch, es gibt doch so viele Männer und dann gleich, dass er jetzt Schluss machen muss.

Das kommt immer, wenn wir grad sehr ehrlich werden wollen, Selbstschutz sozusagen und sicher auch ganz schwierig, so mit Frau, Kind, Haus und eigenem Unternehmen. Vielleicht war er aber auch einfach nur müde nach so einer Woche immer im Doppelpack unterwegs. Selbständigkeit ist ja auch so schon anstrengend, sich da immer zu motivieren finde ich echt bewundernswert, da hat jeder Selbständige meine Hochachtung. Und wie man vom Staat geschröpft wird ist ja dann auch immer mehr als ein Tritt in den Hintern.

Auf der anderen Seite sind wir noch lange nicht soweit, dass ich die Frage stellen könnte, was das für eine Sehnsucht in ihm ist, die ihn ihm diese Flucht in erotische Schlagabtausche auslöst.

Und das beschäftigt mich sehr. Das tut man ja nur, wenn man eine Leere, welcher Art auch immer, füllen muss. Kein Dritter kann in eine intakte Beziehung eindringen, aber er lässt mich, vermutlich auch noch andere Frauen, an sich ran. Aber immer nur bis zur Grenze des Selbstschutzes ist Ablenkung gewünscht.

Und dann bleibt es vermutlich nicht aus, dass da sich das eine oder andere Gefühl entwickelt beim Gegenüber. Und bei ihm selbst?

Leonhardt

Was schreibt sie da? Das, was ich über meinen Moritz und mich geschrieben habe, ist wirklich berührend. Eigentlich ist es nur dass, was ich für ihn empfinde, aber wer weiß, was sie für Erfahrungen gemacht hat, scheinbar war der Vater ihrer Kinder nicht so.

Passt grad nicht, also schreibe ich, dass ich mich in Ruhe melde und sie nicht vergesse.

Das darf ich dann aber auch wirklich nicht vergessen.

Später schreibe ich ihr, dass ich hoffe, dass er sich später auch daran erinnert. Tatsächlich fasziniert es mich, wie wir es schaffen, den ganzen Tag so harmonisch zu verbringen, ich mit dem Stress und Moritz möchte ja auch nicht nur daneben stehen. Aber ich beziehe ihn einfach in alles ein und so fühlt er sich nicht wie auf dem Abstellgleis. Was mich dann aber auch viel nachdenklich macht ist, dass Frau Marisch das eben nicht könnte, diese Zeit mit ihren Kindern so zu erleben.

Anja

Hab auch erst später antworten können. Warum berührt mich das denn plötzlich so? Na ich weiß schon, weil ich ja so metaebenen mäßig unterwegs bin und weil ich nichts schöner finde, als wenn Menschen mich berühren, ganz tief in mir drinnen. Wenn mir Menschen ihr Herz zeigen, welche Liebe sie für ihre Liebsten und auch andere haben, das ist es, was Menschen für mich so einnehmen kann.

Leonhardt

Irgendwie bin ich eingenickt. Bin auch erledigt nach so einer Woche. Werde ja auch nicht jünger und etwas weniger Stress könnte auch mal sein.

Dass ich geschrieben habe, dass ich diesen Bengel einfach liebe, beantwortet sie mit 3 Herzen und: „Na klar, wen denn sonst?" Und damit hat sie einfach nur mal sowas von recht. Und wie schön sie es findet, dass ich so über mein Kind rede. Dass es mit großen Kindern auch großartig ist, wenn man wieder etwas freier ist und sie auch nicht viel Zeit hat. Es ist eben die Qualität des Wenigen, die es ausmacht, schreibt sie. Was sie auch immer so für Worte findet, die Qualität des Wenigen. Das stimmt auch, wenn man wenig Zeit hat, muss man die eben bestmöglich nutzen. Wie das wohl wäre, wenn ich mit Ihr Qualität im Wenigen hätte? Wie sähe denn so ein Abend mit ihr aus? Ideen hätte ich ja viele dafür. Schön Pasta essen, ein guter Chardonnay, gute Gespräche, aber vor all dem müsste ich erstmal über sie herfallen, ich weiß, dass ich es anders herum nicht schaffen würde. Und danach noch mindestens einmal, wenn wir es überhaupt aus dem Bett schaffen würden.

Sie hat jetzt bald 3 Tage Urlaub, der erste seit August letzten Jahres. Da ist sie ja noch schlechter dran als ich. Da muss sie ja echt fertig sein und wenn ihre Personalsituation so schlecht ist, wie sie mir vor Monaten schon geschrieben hat, dann umso mehr. Und sie schreibt auch, dass ihre Personalausfälle nicht ohne Spuren geblieben sind. Als ich ihr schreibe, dass nichts ohne Spuren bleibt, was wir unserem Körper antun, antwortet sie mir, dass sie ihn sonst gut behandelt. Na bloß gut, sonst hätte ich mich gerne zum „gut behandeln" bei ihr angeboten. Ich würde vor allem bestimmte Stellen ihres Körpers gut behandeln, solche, die von einem sehr engen T-Shirt umschlossen sind und dann diese geile Rückseite.

Ich soll mal lieber schlafen, wenn mein Körper sich das einfordert, nein, lass uns noch etwas schreiben, ist doch schon so lange her, und ich bin jetzt auch wieder hellwach. Und dass sie noch das Geschenk für ihr Goldkind bestellen muss. Bestimmt bei Amazon. Schlimm ist das, wie schlecht es dem Einzelhandel geht und wie sehr Amazon davon profitiert. Anders herum müsste es sein, aber der Mensch ist ja auch bequem. Nein bei der Telekom, aha, das ist ja mal eine gute Einstellung. Was sie da wohl bestellt? Na wird sie mir doch sicher noch erzählen.

10. Februar

Anja

Hatte heute mein Gespräch zur Zielvereinbarung. Das Gespräch des Jahres. Das, wofür ich das 2. Januarwochen-ende komplett geopfert hatte, von Freitagabend bis Sonn-tagabend habe ich nur Unterlagen zusammengesucht oder geschrieben. Lastenhefte, Arbeitsanweisungen, Präsentati-onen, SAP-Ausdrucke. Es geht ja auch um einen ordentli-chen Geldbatzen. Das Gespräch war unerwartet positiv ge-wesen. Das habe ich nicht erwartet. Natürlich hat er mir wie-der gesagt was ihn stört. Was er scheinbar noch nicht weiß ist, dass es mich auch stört, wenn die Dinge nicht laufen. Aber unterstützt hat er mich auch nicht, eher immer draufge-schlagen, wenn er mal wieder schlechte Laune hatte.

Ich habe auch ganz klar meinen Standpunkt verteidigt, auch das gehört zu einem Gespräch. Ich habe auch die Chance genutzt zu sagen, dass ich mir die Arbeit in einem Führungsteam anders vorstelle, miteinander, nicht gegenei-nander.

Und ich brauche das Geld für die Mädels und mich, Cora bekommt ihre Zahnspange und hat Jugendweihe, Fabienne wird Führerschein machen, ein Pool soll angeschafft werden und im Wohnzimmer muss auch endlich ein Schrank rein. Ich wollte eine Vesper. Bissel Deko hier und da wäre auch nicht schlecht. Und Urlaub. Dieses Jahr muss ich noch zu Ivonne noch Frankreich. Aber irgendwie ist es schon ganz gut wie es ist und ich fühle mich nach nunmehr einem halben Jahr sehr wohl hier. Ich habe zusätzlich eine Selbsteinschät-zung geschrieben, von allein erkennt er ja nicht, was zwei ausgefallene Controller mit einem machen. Ich bin echt an meiner Leistungsgrenze, seit August immer alles wuppen zu müssen, kann ja nicht spurlos an einem vorüber gehen. Jetzt muss ich aber runterfahren, sonst kippe ich wirklich um.

Ich weiß gar nicht, was mich geritten hat, Herrn Reller zu schreiben, wie es gelaufen ist und dass wir über die Strategie gesprochen haben, dass, was ich ihm erst noch erzählt hatte, dass es nur Stillstand bei uns gibt heute so ganz anders war.

Leonhardt

Was hatte sie? Ihr Jahresbonusgespräch, was die so alles machen. Lief also ganz gut, na klar, sie ist ja auch einfach gut. Und ein bisschen Schmerz gehört auch zum Leben, damit man dann das schätzen kann, was einem so Gutes widerfährt. Aber warum musste sie mir das denn jetzt schreiben? Es freut mich aber, dass sie mich teilhaben lässt.

16.Februar

Anja

Heute früh war mein Auge schon den 3. Tag hintereinander verklebt. Da bin ich nochmal zum Augenarzt und er meinte so, dass ich mir nun noch eine Entzündung geholt habe und dass es mit Kortison schon wieder weggehen würde.

Als ich auf dem Rückweg so in meine Siedlung einbiege, steht doch da das Auto von meinem heißen Malermeister an den neuen Häusern.

Macht er also bald weiter hier und gleich war mein Puls wieder auf 200.

Ob er dann mal vorbeikommt, seine Rechnung bringt und bei mir einen Kaffee trinkt?

Ne eigentlich braucht er keinen Kaffee trinken kommen und die Rechnung würde ich auch gleich in die Ecke pfeffern, aber ihn, ihn würde ich sofort in mein Schlafzimmer zerren.

Und da ich mich ja wieder nicht zurückhalten kann, frage ich ihn gleich mal, ob es wieder los geht in der Sandwegsiedlung.

In 14 Tagen geht´s los schreibt er und ob ich ihn noch erkannt habe.

Ich antworte, dass ich ihn leider gar nicht gesehen habe, nur das Auto und dass, wenn er vor mir gestanden hätte, ich versucht hätte, ihn zu erkennen, oder dass ich vielleicht etwas anderes versucht hätte.

Darauf hat er mir leider nicht mehr geantwortet. Dabei hätte ich so eine schöne Antwort parat gehabt: Dass ich mal seine schönen grauen Haare mit dem grau meiner Couch verglichen hätte und dann gern mal geschaut hätte ob seine Haut mit meinen blau-bronzenen Dessous harmoniert.

Schade, irgendwie ist es vorbei. Das macht mich echt traurig, ich habe mich beim Schreiben mit ihm immer wie eine 20-Jährige gefühlt, unbeschwert und leicht, ohne Druck, ohne Verpflichtung, wahnsinnig erotisch ist er und wie kein anderer in der Lage, meine Phantasien zu erwecken. Aber ich kann natürlich nachvollziehen, dass es nach einer Zeit langweilig wird und man dann eher zur nächsten Blume weiterzieht.

06. Februar

Leonhardt

Mal schauen was so los ist. Ach, was macht Frau Marisch denn da? Projekt: Krimi Dinner. Was soll das denn sein. Na mal schauen, was noch kommt. Das nächste Bild: 1. Gang, sieht aus wie Tomatensuppe und dann wohl noch ein Salat. Lecker. Sieht richtig gut aus. Schreib ich Ihr gleich mal. Hab mich schon lange nicht mehr gemeldet.

Anja

Heute steht unsere Projektausführung zum kollaborativem Arbeiten zu Kristins Fernstudium an. Wir haben vor 2 Wochen angefangen zu planen. Zur Idee waren wir uns schnelle einig: Krimi Dinner. Wir bekochen unsere Mädels und danach ein Escape game. Gesundes Essen und Spiel. Und jetzt geht's los. Jede weiß, was sie zu tun hat und pünktlich 18 Uhr ist der 1. Gang fertig. Tomatensuppe und ein grüner Salat aus in Sesam geschwenkten Feta Stücken, Auberginen und Cocktailtomaten. Das war schonmal sehr lecker, stell ich gleich im Status ein.

Ach, Herr Reller antwortet: „…sieht sehr lecker aus!" Das stimmt, hat richtig geknallt im Mund. Ich schreibe ihm, dass er gespannt sein kann. Das ist er immer, antwortet er. Das glaube ich, seine Neugierde bezieht sich aber meistens auf andere Dinge, was ich anhabe zum Beispiel. Also eigentlich noch spezieller: enge T-Shirts.

Leonhardt

Frau Marisch schreibt, dass ich gespannt sein darf. Das bin ich doch immer. Möchte wissen, was sie anhat, hab immer noch dieses wahnsinnig enge weiße T-Shirt vor mir, das ich nicht anfassen durfte. Ach, einen engen, schwarzen Jumpsuit. Und sie schreibt noch, dass ich mich doch sicher eher für das „Darunter" interessiere. Stimmt, aber ich kann ja nicht gleich mit der Tür ins Haus fallen. Also schreibe ich: „...ein wenig!". Was natürlich völlig falsch ist. Dann schreibt sie, wenn es nur ein wenig ist, dann will ich es wohl nicht wissen. Oh doch, das will ich, und wie. Da bekommt sie doch gleich den Teufel von mir. Da bin ich ja wieder gespannt, was es diesmal ist. Irgendwas hatte sie doch von neuer Unterwäsche erzählt. Die würde ich ja gerne sehen, aber alles davon. Sie hat auch auf meinen Status reagiert und mir geschickt, was sie mit mir verbindet: Den Teufel. Sie hat ihn auch gepostet und ich habe ihr „interessant und den Teufel" zurückgeschrieben.

Aber sie schreibt nicht, was sie „drunter" anhat, muss ich doch gleich nochmal fragen. Ach sie meint, dass meine Phantasie die Frage schon beantwortet hat. Nein, also eigentlich doch, aber ich will es ja von ihr hören, also schreibe ich ihr „leider nicht". Sie fragt, was ich denn wissen möchte: „Farbe, Muster, Schnitt oder alles davon?" Oje, wenn das jetzt wieder los geht, wird es eine kurze Nacht. Ich glaube, wir hören heute lieber auf. Das schreibe ich dann auch.

07. März

Anja

Als ich heute nochmal unseren WhatsApp Verlauf von Samstag gelesen hatte, ist mir aufgefallen, dass Herr Reller immer irgendwie ambivalent unterwegs ist, so nach dem Motto, komm her, geh weg. Und das, was ich so zwischen seinen Zeilen lese, gibt mir immer wieder Rätsel auf und ist das, was ihn so interessant macht. Eigentlich müsste ich ihn ja einfach in Ruhe lassen, aber ich finde ihn einfach sowas von erfrischend, dass ich es einfach nicht lassen kann. Ich bin aber selbst auch ambivalent, so nach dem Motto, ich will dich, heute reicht mir ein tiefgründiges Gespräch. Also habe ich ihm geschrieben, ob ich ihm jemals gesagt habe, dass das Interessanteste immer zwischen seinen Zeilen steht.

Leonhardt

Was schreibt Frau Marisch da? Das Interessanteste von mir steht immer zwischen meinen Zeilen. Was meint sie denn damit schon wieder. Aber Samstag war sie irgendwie so anders, als hätte sie keine Lust mir zu schreiben. Wobei ich mir das kaum vorstellen kann, so spannend wie es immer mit uns ist.

11. März

Anja

Ich dachte, ich werde Herrn Reller mal erklären, was wir da am Samstag so gemacht haben und warum ich ihm nicht so antworten konnte, wie ich das eigentlich wollte. Fand ich wirklich schade, wenn Herr Reller sich schon mal nach 3 Wochen meldet, habe ich keine Zeit. Wieder einen unserer heißen Schlagabtausche verpasst, wie schade.

Leonhardt

Frau Marisch macht ja wieder spannende Sachen. Krimidinner hatten sie am Samstag, aha, die haben ja großartige Ideen, als Projekt für irgendein Fernstudium. Und dass sie deshalb am Samstag nicht so antworten konnte. Ja, das war tatsächlich ungewöhnlich, dass sie so komisch und spät geantwortet hatte, bis ich auch keine Lust mehr hatte. Aber entschuldigen muss sie sich ja nun wirklich nicht, aber scheinbar fühlt sie sich unhöflich, muss sie echt nicht. Sie schreibt noch, dass sie bestimmt einen spannenden Schlagabtausch verpasst hat. Das wäre bestimmt wieder heiß geworden, wenn wir bei ihrer Unterwäsche angekommen wären. Das geht ja auch immer ganz schön schnell und nicht immer bin ich es, der damit anfängt.

Also ich hätte für solche Projekte gar keine Zeit.

Ich schreibe ihr noch: „…na Frau Marisch, wir sollten doch eigentlich gar nicht mehr…!"

Und bin mir im gleichen Moment sicher, dass das heute wieder sehr heiß wird.

Anja

Ich soll mich nicht entschuldigen, schreibt Herr Reller. Na manchmal sollte man eine Unhöflichkeit zumindest gerade-biegen oder erklären.

Herr Reller meint, wir sollten gar nicht mehr…

Und ich schrieb direkt, dass wir doch schon ganz schön lange theoretisch abstinent waren.

Und Stress hat er wieder, na klar, wie immer, ich ja auch wie immer.

Leonhardt

Und mein letzter Gedanke war natürlich vollkommen rich-tig.

Schon kommt von ihr: „Ich habe auch Ihre Frage nach dem was ich anhatte in meinem Hirn tanzen lassen und mich gefragt, was ich anziehen würde, wenn Sie mein Dinner Gast wären, mein Einziger…!"

Nein, nein, nein, und schon ist es vorbei. Hätte ich bloß nichts geschrieben, ich bin ja selbst schuld, wenn es immer wieder so weit kommt. Aber sei es drum, ich muss es wissen, bin sofort hart und meistens antwortet sie auch so heiß, dass ich sie direkt nehmen wollte.

Ich will es wissen und auch wieder nicht. Aber meine Neugier siegt einfach immer. Ich glaube, ich muss gleich wieder nicht mit dem Schlimmsten, aber vermutlich mit was sehr Heißem rechnen.

„Das Gleiche, aber was anderes drunter." Ich wusste es, geht schon wieder los. Wenn ich noch an dieses superenge T-Shirt denke. Hör lieber auf.

Und dann: „Erst würde ich Ihre Hände zusammenbinden, dann Ihre Augen verbinden, dann würde ich Sie mit Leckereien füttern und mit jeder Leckerei würden Sie ein Kleidungsstück verlieren. Und dann würde ich mich an Ihrem Anblick erfreuen (oder so...)."

Wenn ich mir das nur ansatzweise vorstelle, springt meine Phantasie auch gleich an. Auf was für geile Ideen sie immer so kommt. Nichts sehen, nichts tun können. Wie das wohl ist, wenn man sich nicht darum kümmern muss, sich um den anderen kümmern zu müssen. Wie sie das wohl anstellen würde. Also, würde sie meinen Schwanz zuerst auspacken? Oder was wäre es? Ich glaube aber eher, dass sie da ganz anders tickt als die meisten Frauen.

Irre interessant finde ich das, aber es darf einfach nicht passieren. Und dass was hier gerade stattfindet, dürfte es auch nicht.

Anja

Also heute bin ich ja mal wieder echt in Form. Na gut, ist ja schon Monate her, dass wir so einen heißen Schlagabtausch hatten. Ich dachte eigentlich, dass Herr Reller eher nicht mehr antworten wird. Da habe ich mich aber gern geirrt.

Als ich ihm geschrieben habe, dass er meine Vorspeise wäre, ist mir echt heiß geworden, das würde ich doch tatsächlich mal ausprobieren wollen, aber eine heiße Phantasie ist ja auch was Schönes. Vielleicht hat die Welt da draußen ja irgendwann mal so ein Prachtstück von Mann für mich, der auch Lust auf die schönen Dinge im Leben hat. Ich glaube, sonst will ich lieber keinen Partner mehr, wenn es nicht zu mindestens fünfzig Prozent passt. Alles muss ja nicht eins zu eins sein, aber die Werte, die ich vertrete, sollten schon ähnlich sein.

Und ich hätte echt Lust, dieses Schmuckstück mal so ganz langsam, also wirklich ganz langsam zu entblättern und jeden Zentimeter zu erkunden. Ich würde nicht einmal mit seinem Prachtstück anfangen, der Rest dieses Mannes ist ja bestimmt mindestens ebenso geeignet, Freude zu bereiten.

Jetzt schreibt Herr Reller, dass es nicht passieren darf und dass es besser ist, wenn ich nicht sein Dessert sein sollte. Und als er schreibt, dass es doch besser so ist, oder… bin ich natürlich direkt anderer Meinung und finde, dass Phantasie der größte Schatz ist, den es gibt. Klar, bei mir ist auch Niemand, der von mir erwartet, dass alles das was ich an erotischen Gedanken habe, ihr gilt.

Leonhardt

Sie lässt aber auch wieder nicht locker und ist der Meinung, dass sie mein Dessert sein sollte. Bitte nicht, bitte doch. Die Vorstellung lässt mich in Gedanken entfliehen, von denen ich dachte, sie nicht zu haben. Na gut, du hast mich. Also will ich jetzt auch wissen, welche Teile sie mir zuerst ausziehen würde. Und heiß ist auch, nichts machen und nichts sehen zu können.

Ich glaube, diese Antwort wird mich einen Lusttropfen kosten.

Anja

Ich dachte mit der letzten Nachricht ist der Abend beendet.

Da habe ich mich wohl getäuscht, denn jetzt will Herr Reller wissen, welche Teile ich ihm als erstes ausziehen würde.

Na auf keinen Fall seine Hose, nicht dass mir dann vor lauter Erregung der Rest von ihm entgeht, ist ja schließlich nicht nur das Prachtstück des Mannes, was es wert ist, entdeckt zu werden. Das schreibe ich ihm auch und ich meine es auch so. Wenn, dann möchte ich den ganzen Mann entdecken, schmecken und feststellen, bei welcher Berührung er ekstatisch zusammenzuckt und mir damit signalisiert, dass ich richtig bin. Genuss schenken eben. Darauf habe ich echt Lust.

Ich weiß, warum ich die Angebote auf schnell mal Sex nicht angenommen habe. Weil ich das eben nicht bin. Erst muss ein Mann in der Lage sein, mich umzuhauen, wie auch immer das gelingt. Und so außergewöhnlich wie Herr Reller, hat mich noch Niemand umgehauen. Vor Allem dieses Tiefsinnige, was immer zwischen seinen Zeilen mitschwingt ist es, was mich einfach nicht loslassen lässt. Ich weiß ja, dass da eine Frau und ein kleines Kind ist, aber die Seele sagt einem, was man fühlt und eben nicht das Hirn oder der Verstand. Aber Geduld ist eben auch eine Gabe, nämlich die, dem Glück solange die Tür aufzuhalten, bis es eintritt. Mal sehen, ob ich die Geduld aufbringe.

Leonhardt

Wie jetzt? Nicht meine Hose ist als erstes dran, sondern sie fängt oben an. Will alles entdecken und schmecken, aber wenn sie dann weiß, wie ich schmecke, will sie mit ihren Nägeln an meinem Arsch runterziehen und ihn packen um dann…

Komm schon, schreib weiter, jetzt will ich auch wissen, wie es weiter geht.

Sie schreibt, dass sie mein Prachtstück ganz langsam in ihren Mund schieben würde und ihn dann verwöhnen würde, lecken, beißen und saugen bis ich um Erlösung flehe und sie auch verwöhnt wird. Aber ich würde sie sowas von verwöhnen, bis sie laut vor Erregung meinen Namen schreien würde.

Und dann schreibt sie noch was von rot-schwarzen Strapsen in Seide und Spitze. Nein, hör auf, diese Brüste in rot-schwarz eingepackt, das kostet mich gerade jede Menge Lusttropfen. Diesen Anblick muss ich mir entgehen lassen. Was für ein Verlust.

Ich muss aufhören zu schreiben. Aber sie will noch wissen, wie das Dessert ausfallen würde. Wenn ich schreibe, was ich da am liebsten mit ihr anstellen würde, würde mein Schwanz direkt platzen.

Am liebsten würde ich ihren Arsch versohlen, aber die Strapse, die Netzstrümpfe und die Highheels müssten an bleiben. Darauf stehe ich ja. Heiß eingepackt muss eine Frau sein und Brüste dürfen gern in groß sein. Das liebe ich. Dieses Berühren und Packen um dann daran zu saugen bis sie durchdreht. Und dann würde ich sie fest von hinten nehmen und fest zustoßen, so wie sie es scheinbar auch mag.

Also schreibe ich ihr, dass ich darüber die nächsten Tage nachdenken werde und jetzt aufhören muss, bevor mein Schwanz noch platzt.

Anja

Natürlich bekomme ich keine Antwort auf meine Frage, wie denn das Dessert, was ich sein möchte, ausfallen würde. Das möchte er sich die nächsten Tage überlegen, wenn er Ruhe hat. Na gut, dann so. Bin ich schon gespannt ob seine Phantasie wiedererwachen wird. Das ging doch schon mal ganz gut. Aber sie ist vielleicht wegen Nichtnutzung ein wenig eingeschlafen. Ganz schlecht.

12. März

Anja

Bin heute mal der Informationsverteiler und habe mir gedacht, dass Herrn Reller sicher auch interessiert, was hier am Krallensee passiert ist. Sitze gerade noch bei Marko, bissel gearbeitet haben wir ja wirklich und dann bisschen Sekt getrunken.

Na wusste ich doch, dass er ein interessierter Mann ist. Aber das am Flachen See hat er nicht mitbekommen, den Tsunami 2019 und vor Kurzem die Rutschung. Ich schreibe ihm, dass ich es ihm nachher schicken werde.

Leonhardt

Heute gibt es mal ein Video von Frau Marisch. Krass, diese Rutschung am Krallensee. So etwas bekommt man ja gar nicht mit, wenn so etwas mal passiert. Schön, dass sie mir das geschickt hat. Und was sie immer so berichten kann und weiß, da komme ich gar nicht mit. Also schreibe ich ihr „…sehr interessant, weiß man ja als dummer Maler nicht!"

Ui, das fand sie jetzt aber nicht so toll, dass ich mich als dumm betitelt habe.

Anja

Na dann werde ich dem Herrn Reller mal die Storys um den Flachen See erzählen. Was schreibt er? „…als dummer Maler weiß man das nicht…". Was soll, dass denn? Wenn mal die wahrlich Dummen so voller Zweifel wären wie die Schlauen. Find ich nicht gut, dass er sich als dumm bezeichnet und das schreibe ich ihm auch. Später hat er dann die anderen Videos angeschaut. Ich hoffe, ich habe ihm damit ein Schmunzeln ins Gesicht gezaubert und er hatte ein wenig Freude daran.

13. März

Anja

Oh, mal wieder ein Statusbild von Herrn Reller. So sieht er also aus, ganz schön viel Bart und ganz schön grau, aber macht nichts. Was hat er da denn geschliffen, sieht ja witzig aus. Muss ich doch gleich mal was drauf schreiben, wenn er mich schon so mit seinem Anblick erfreut.

„Sie sind doch der heiße Malermeister und nicht der heiße Bäckermeister…"Scheint er auch lustig zu finden, gut so, bitte einmal schmunzeln. Dann schreibt er mir zurück, was denn nur gerade los ist, wegen der vielen Vorfälle an Rest Seen und auf meine Statusbildkommentierung schreibt er: „…ob Bäcker oder Maler". Stimmt, nur heiß soll er bleiben. Und vielseitig scheint er ja auch zu sein.

15. März

Leonhardt

Jetzt bin ich wieder öfter in der Sandwegsiedlung, bis Juli soll hier jeden Monat ein Haus fertig werden. Gut zu tun für mich und meine Jungs und ganz oft bin ich dann in der Nähe von Frau Marisch. Keine gute Idee. Aber sie ist ja sowieso fast nie zuhause. Bloß gut, das bringt mich jedes Mal in einen großen Konflikt. Einerseits will ich das nicht, auf der anderen Seite lässt mich nicht los, was wir uns an Phantasien geschrieben haben. Das war teilweise so heiß, ich wusste gar nicht, dass Frauen so etwas schreiben können, aber die Phantasien von Frau Marisch sind so heiß, dass ich mehr als einmal versucht war, stehen zu bleiben, als dann doch mal ihr Auto vor der Tür stand. Bisher bin ich aber standhaft geblieben, war ja auch lange nicht hier.

Ausgerechnet heute stand ihr Auto da. Und es hat mich echt zerrissen. Hin und her, hin und her habe ich überlegt und dann doch lieber meinen Verstand siegen lassen. Aber es wird irgendwann passieren, das weiß ich schon heute. Mein Innerstes wird mich irgendwann soweit treiben, dass ich doch vor ihrer Tür stehen werde. Und bei Gott, dass nimmt kein gutes Ende. Hundertmal schon habe ich mir vorgestellt, was passieren würde, wenn sie mir dann die Tür öffnen würde. Es wäre vermutlich überirdisch ihre Brüste zu berühren, an ihnen zu saugen und in diesen geilen Arsch zu greifen um sie dann so richtig zu nehmen. Bei dem Gedanken werde ich gleich wieder hart.

Aber ich schreibe ihr: „… habe heute ihr Auto stehen sehen und hatte überlegt zu klingeln, dachte mir aber, das lässt du mal lieber."

Anja

Was? Herr Reller hat heute mein Auto stehen sehen und überlegt zu klingeln. Zack, Puls 200. Oh Gott, was wäre denn passiert, wenn er wirklich geklingelt hätte? Die Vorstellung kann ich gar nicht so richtig an mich ranlassen, es überfordert mich. Alles das, was wir uns in den letzten Monaten geschrieben haben war irre heiß, tiefsinnig zwischendrin und es hat mir überhaupt nicht geholfen, zwischen uns einen Abstand herzustellen, im Gegenteil, alles was er mir in diesem Jahr von sich offenbart hat, ist komplett umgeschlagen und hat ihn nur noch anziehender gemacht. Wenn nicht irgendwann er oder ich, bestenfalls wir beide, die Reißleine ziehen, wird es sich nicht mehr aufhalten lassen.

Aber dennoch, wie schade. Ich wäre vermutlich direkt in Ohnmacht gefallen oder er wäre sowas von fällig gewesen. Das schreibe ich ihm auch gleich.

Leonhardt

Sie schreibt, wie schade. Ja, das finde ich auch, aber ich sollte nicht und ich darf nicht, auch wenn der kleine Teufel auf meiner Schulter immer wieder schreit, geh zu ihr, es wird der Hammer. Ja, das weiß ich auch, aber es steht zu viel auf dem Spiel, was ich eigentlich nicht riskieren möchte. Und sie stellt sich vor, ich würde wirklich klingeln. Ich kann die Male schon gar nicht mehr zählen, wo ich darüber nachgedacht habe, es zu tun. Und schreibe ihr, dass ich ja genau deshalb lieber nicht geklingelt habe, es wäre nicht gut für mich, für uns ausgegangen. Natürlich schreibt sie, dass es mehr als gut wäre. Hör bitte auf, ich weiß es doch längst, aber es darf nicht sein.

Sie findet es am meisten schade, dass sie mich nicht kennenlernen darf und das alles was ich schreibe, nach mehr klingt und es sie irre neugierig auf mich als Menschen macht.

Denkt sie allen Ernstes, das weiß ich alles nicht, es geht mir doch genauso, nur erfahren, darf sie das auf keinen Fall.

Also schreibe ich nur, ich weiß und dass es wirklich nicht gut wäre.

Und schon wird es wieder philosophisch und ein Spruch von ihr kommt: „Ich kenne alle Gründe, die dagegen sprechen bis ins kleinste Detail, aber eben auch den einen Grund, der dafür spricht mit all seinen unvergleichlichen Details." Wow, der ist gut und der trifft es echt, schreibt sie und dass muss ich einfach nur mal zugeben.

Darauf kann ich wirklich nicht antworten, aber es wird mich nicht schlafen lassen.

16. März

Anja

Heute um 17 Uhr ist Sport, wenn ich da pünktlich sein will, dann sollte ich schon 16 Uhr im Auto sitzen und das gelingt mir heute auch.

Als ich in die Sandwegsiedlung einbiege muss ich keine Sekunde überlegen, wem der Mercedes Bus da hinten am ersten Doppelhaus, was im April bezogen werden soll, gehört. Und da ist er auch, Herr Reller, ich erkenne ihn sofort. Himmel Herrgott, was ist denn mit mir los? Mein Puls muss irgendwas mit 200 betragen. Wenn er jetzt vorbei kommt werde ich es nicht überleben. Aber ich habe leider auch keine Zeit, also schnell umziehen und dann weiter zum Sport. Trotzdem war es eine schöne Überraschung. Das muss ich ihm nachher noch schreiben.

Leonhardt

Bin heute noch zum Feierabend in der Sandwegsiedlung. Was kommt denn da für ein Volvo? Ist das Frau Marisch? Scheint so, aber hatte sie nicht etwas von einem Tesla erzählt? Aber das muss sie sein, so ein blaugraues Auto steht immer bei ihr. Und sie schreibt mir etwas später:

„Was für eine schöne Überraschung zu meinem ganz frühen Feierabend heute: Herr Reller live... 100 Meter näher und sie hätten mich einliefern müssen. So blieb es bei Puls

200 und der Freude, Sie erkannt zu haben." Und natürlich liebe Grüße.

Also war es doch der Volvo und nicht ein Tesla. Einliefern, wieso denn einliefern? Ach, wegen dem Puls. Das geht mir ähnlich.

Ich schreibe ihr, dass wir uns ja vorarbeiten und dass es dann noch mit den 100 Metern funktionieren wird.

Anja

Auweia, er wird mir immer näherkommen, mit jedem weiteren Haus, wo er malern und den Fußboden legen wird. Ja, tu es und klingele bei mir und wenn es mich meinen Verstand kostet. Lieber den Verstand geopfert, als die Seele verloren.

Dann muss ich aber wirklich langsam meinen Puls in den Griff bekommen.

Bitte ganz langsam näherkommen, dass ich mich daran gewöhnen kann, schreibe ich ihm.

Leonhardt

Ich soll schön langsam näherkommen schreibt sie jetzt. Ja gut, jeden Monat ein Haus komme ich näher. Denkt sie etwa, dass es für mich einfach ist, ständig zu sehen, dass das Auto dasteht, sie also da ist und nicht zu klingeln? Und ich bin gespannt, wie lange ich das durchhalten kann.

Ich schreibe ihr: „…ich werde mir einfach einen Jutesack anziehen und mir den Kopf rasieren." Sie hat doch mal geschrieben, dass sie in meinen Haaren wühlen möchte, während ich…

Vielleicht schreckt sie das ja ab. Halte ich aber eher für unwahrscheinlich.

Anja

Was? Jutesack anziehen und den Kopf rasieren möchte er? Ist ja witzig. Und? Das macht ja aus ihm keinen anderen Menschen, falls das die Idee war.

Und ich hoffe, dass er mich nicht für so primitiv hält, als dass mich das dazu führen könnte, einen Menschen abzulehnen oder in ihm etwas anderes zu sehen. Da hat die Optik sowieso keinen Einfluss drauf, jedenfalls nicht bei mir.

Leonhardt

Na gut, ich hätte es wissen können, dass ihr völlig egal ist, was ich mache. Selbst eine Glatze und komische Kleidung schreckt sie nicht ab. Oberflächlich ist sie ja auch nicht, das habe ich längst erkannt. Aber man wird es ja mal versuchen können. Jetzt fragt sie noch: …nur einen Jutesack?"

Und jetzt springt meine Phantasie an. Ja, Baby, nur den und dann binde ich dir deine Hände auf dem Rücken zusammen. Und dann werde ich dich genauso quälen wie du es mit mir vorhast. Ich werde dir ganz langsam deine Klamotten ausziehen und hoffen, dass ich darunter heiße Unterwäsche vorfinde oder gar nichts. Aber heiße Unterwäsche wäre schöner. Das liebe ich, heiße Dessous an einer Frau zu sehen. Dann werde ich ganz langsam deine Beine spreizen und dich auslecken bis du um Erlösung flehst. Aber zuerst würde ich dir noch deinen geilen Arsch auspeitschen um ihn dann zu verwöhnen. Ich würde dich ganz fest von hinten nehmen und zustoßen bis du meinen Namen schreist.

Aber heute schreibe ich das nicht mehr, soeben wurde die Situation beendet.

Anja

Oh, er hätte nur einen Jutesack an. Und ich wette auf Alles, selbst das wäre megaheiss an ihm. Dann will er meine Hände am Rücken zusammenbinden. Erzählen sie weiter, bitte.

Aber da kommt der Psst-Smiley mit „heute nicht mehr" und ich weiß, dass ich heute nichts mehr von ihm hören werde. So ist es eben, aber ich habe ja immer noch meine Phantasie.

24. März

Leonhardt

Bin heute wieder in der Sandwegsiedlung, habe schon gesehen, dass Frau Marisch zuhause ist.

Treffe mich mit Kunden und schaue immer wieder zum Haus von Frau Marisch. Steht sie da? Am liebsten würde ich mal vorbeifahren, ich lasse es aber, das würde nicht gut ausgehen.

Anja

Ist das da wirklich der schwarze Mercedes Bus von Herrn Reller? Tatsächlich und da ist er in echt. Jetzt habe ich ihn das letzte Mal letztes Jahr im August gesehen und jetzt innerhalb von 8 Tagen zweimal. Es stimmt, er kommt mir immer näher. Der Gedanke gefällt mir und gleichzeitig macht er mich wahnsinnig nervös. Aber leider habe ich zwar Homeoffice aber eine unserer dreistündigen seelenlosen Dienstberatungen, die man eigentlich nur mit einer guten Flasche Sekt ertragen kann. Und dann steht Herr Reller da. Mit so einem schönen Anblick kann es ja doch noch erträglich werden.

Aber von Jutesack und rasiertem Kopf ist nichts zu sehen.

Also beobachte ich ihn eine Weile, mache mir selbst eine Freude und dann bin ich auch schon dran, wie schade.

Später schreibe ich ihm: „Schön, dass Sie mich während meiner dreistündigen, seelenlosen Dienstberatung mit ihrem Anblick erfreut haben…Aber irgendwie habe ich weder Jutesack noch rasierten Kopf gesehen…Vielleicht lag es aber auch an meinen Augen!"

Leonhardt

Was schreibt Frau Marisch denn da? Dass ich sie mit meinem Anblick erfreut habe. Ich habe sie am Fenster stehen sehen und wäre am Liebsten direkt vorbei gefahren aber ich schreibe ihr lieber: „…Sie sollen doch nicht…wünsche noch einen wunderschönen Tag!" Aber meinen tue ich etwas ganz anderes.

Anja

Ach, Herr Reller, heute so spaßbefreit. Was ist denn passiert?

Na dann werde ich gleich mal versuchen, ihn aufzuheitern: „…Ach Herr Reller, glauben Sie mir, bei acht Stunden Telefonkonferenzen braucht man zwischendurch schon mal etwas Herzerfrischendes …In dem Sinne…Vielen Dank… Liebe Grüße und Ihnen auch noch einen schönen Tag!"

Und um meine Laune zu heben, hat er heute echt ganze Arbeit geleistet. Falls er heute keinen so guten Tag hat, ich bei acht Stunden Telefonkonferenzen auch nicht.

Na gut, das Aufmuntern hat heute nicht geklappt, so ist es eben an manchen Tagen.

Leonhardt

Da war ich aber heute nicht besonders nett zu Frau Marisch. Obwohl sie mal wieder echt witzig war. Also schreibe ich ihr spät am Abend noch schnell:

„…bin vorhin vom Arbeiten rein und muss doch ein wenig schmunzeln. Freue mich aber Ihren langweiligen Tag versüßt zu haben!"

Anja

Was denn jetzt? Nach 22 Uhr gibts noch Nachrichten von Herrn Reller? Ach, er musste doch ein wenig schmunzeln. Na bloß gut, ich dachte schon, dass mir meine eigentlich zur eigenen Aufmunterung gedachte Aktion nicht gelungen ist.

Und er versüßt mir ja auch ab und zu mal einen Tag mit seinen heißen oder tiefsinnigen Nachrichten, manchmal aber auch Beides. Und das Ergebnis meiner Nachrichten soll ja auch sein, dass zumindest ein Lächeln über sein Gesicht huscht, wenn er mal an mich denkt und nichts anderes. Wo ich doch nur schöne „Dinge" mit ihm verbinde und das schreibe ich dann auch zurück.

Leonhardt

Ach schmunzeln soll ich, wenn ich mal an sie denke. Tue ich, meistens jedenfalls. Wenn mein Stress nicht allzu groß ist.

„…werde ich für immer.!!! . das Schreiben mit Ihnen ist immer sehr genussvoll und „3 Teufelchen"…" schreibe ich ihr dann noch.

Und das stimmt auch, bin ja fast melancholisch. Aber wenn wir uns schreiben, fühle ich mich in einer anderen Welt, als wäre alles schön, es ist eben nur die falsche Frau, die mir die richtigen Antworten gibt und in mir Phantasien zum Leben erweckt, die ich nur allzu gern ausleben würde, aber mit meiner Frau, die aber meine Phantasien nicht teilt und auch nicht in mir weckt.

Anja

Also was ist denn heute los?

„.werde ich für immer.!!!" schreibt er mir auf das Schmunzeln, wenn er an mich denkt. Klingt wie ein „Auf Wiedersehen". Manchmal ist seine Ambivalenz etwas verstörend für mich. Immer wieder dieses „komm her, geh weg" von ihm.

Verstehen kann ich es ja. Auf der einen Seite will er das nicht und auf der anderen Seite scheint es ihn ebenso wenig loszulassen wie mich. Und was ist denn innerhalb von 10 Stunden passiert?

Ich finde ja die Kombination aus heiß und tiefsinnig eine wunderschöne Kombination. Und ich würde so gern mal mit Herrn Reller stundenlang reden. Wer so schreibt, muss unheimlich interessant als Mensch sein, aber vermutlich werde ich es nie erleben. Das werde ich in meinen letzten drei Sekunden denken, dass ich Herrn Reller in meinem Leben verpasst habe. Und ehrlich, was kann denn schöner sein, als in einem Menschen schöne Gefühle zu erzeugen, welcher Art sie auch immer sein könnten. Von einfach schön bis extrem heiß hatten wir ja schon alles dabei. Und das macht eben den Reiz aus. Und das schreibt er auch: "...das Verbotene eben!"

Abschließend schreibe ich noch, dass ich mich damit nicht so auskenne, aber irgendetwas ja dran sein muss. Es lässt mich ja nicht los und ihn scheinbar auch nicht, sonst hätte er ja schon lange den Kontakt beenden können, WhatsApp bietet ja genügend Funktionen, die da helfen können, wenn man es möchte.

Dann schreibe ich noch, dass ich ihm am 12.04. erzählen werde, was ich die letzten zwei Monate auf seine Inspiration hin so gemacht habe, also dieses Buch hier zu schreiben, aber das Geheimnis muss noch bis dahin warten.

Da bin ich gespannt, wie er reagieren wird. Habe aber grad keine Vorstellung davon. Davon kann ich mich ja dann überraschen lassen.

EPILOG

Irgendwann im Mai

Leonhardt

Heute früh bringe ich Frau Marisch endlich die Rechnung. Ist ja auch schon fast ein Jahr her. In den Briefkasten werfen wollte ich sie nicht, außerdem muss ich sie endlich mal wiedersehen.

Wir haben uns vorher mindestens zehnmal versichert, dass wir nicht übereinander herfallen werden. Was wir damit erreichen wollten, weiß ich bis jetzt nicht.

Wenn ich nur an sie denke, werde ich schon hart. Diese Brüste in diesem weißen superengen T-Shirt bekomme ich einfach nicht aus dem Kopf. Dabei ist es August gewesen, als ich sie das letzte Mal sah. Und dass, was sie mir geschrieben hat. Dass sie sich jeden Tag einölt und sich pflegt und rasiert, bringt mich fast um den Verstand. Ich weiß nicht, wie das heute enden wird, aber ich glaube, ich werde ihr die Klamotten vom Leib reißen und sie hart von hinten nehmen. Hoffentlich hat sie ihren Netzfetzen an, von dem ich nur eine kleine Ahnung habe, wie er aussehen könnte.

Auf jeden Fall bin ich gespannt, ob sie wieder so ein enges T-Shirt anhaben wird, und mir ihre riesigen Brüste präsentieren wird. Dann wird es noch schwerer, mich zurück zu halten.

Also los jetzt, ich bin schon hart bei dem Gedanken an sie.

Anja

Heute um 7 Uhr kommt Herr Reller, die Tapetenrechnung nach fast einem Jahr bringen.

Wir haben uns mehr oder weniger versprochen, dass wir uns nicht anfassen werden.

Ich glaube dennoch, dass ich das nicht überleben werde, vielleicht kippe ich vor Aufregung gleich um, auf jeden Fall bin ich jetzt schon ganz feucht, fast nass, bei dem Gedanken an ihn.

Was ziehe ich bloß an? Ich weiß ja, dass er sich über sein Lieblings-enges T-Shirt freuen würde, eine enge Hose dazu, Highheels, na klar, trage ich ja immer, ohne die geht es natürlich nicht.

Aber ich wollte ihm doch den Netzfetzen zeigen, das sollte meine Überraschung sein, und so ein bisschen erste Enttäuschung muss auch sein. Also ziehe ich den Netzfetzen an, keine Unterwäsche, den schwarzen Overall drüber, damit er den Netzfetzen nicht sieht und erstmal Socken statt Highheels, sonst sieht er den Netzstoff gleich beim Reinkommen, Highheels ziehe ich dann schnell an, wenn er reingekommen ist.

Ich habe genau 4 Teile an, Overall, Netzfetzen und Socken.

Leonhardt

Los geht's, ab zu Frau Marisch, noch schnell zur Kita.

Habe ich überhaupt die Rechnung mit. Ja, da ist sie. Bin schon ganz nervös, merkt man mir bestimmt an.

So, bin da. Wie sie wohl aussehen wird? Oder soll ich doch lieber wieder fahren. Heute wird es nicht ohne Berührung, Anfassen und noch mehr gehen.

Klingele, da kommt sie, ich weiß, dass sie sturmfrei hat, wir sind also allein.

Da steht sie. Bin sofort enttäuscht, kein enges T-Shirt, nur so ein schwarzes weites Teil, nicht einmal Highheels sondern Socken. Echt jetzt?

Sie bittet mich rein, und da verschwindet sie auch schon im Badezimmer. Was soll das denn? Ach, da ist sie wieder. Hat jetzt Highheels an und was ist das? Doch nicht etwa der Netzfetzen, zu dem wir immer geschrieben haben. Da sehe ich doch Netzstoff an den Füßen und zwischen ihren Brüsten. Gott bewahre mich, ich werde schon hart. Und da nimmt sie auch schon meine Hand und zieht mich mit sich.

Hoch!

Oh nein, ich habe es geahnt.

Und wenn ich ehrlich bin, will ich es auch, schon ein halbes Jahr will ich sie nehmen, von hinten, hart, und ihren geilen Arsch auspeitschen bis er rot ist und dann streicheln, ihr alle ihre Fantasien erfüllen. Und meine natürlich auch.

Sie soll meinen Schwanz anfassen, jetzt sofort, durch die Hose, ist mir egal, Hauptsache sie tut es jetzt sofort, und ich will, dass sie meinen Schwanz in ihren Mund nimmt und dran leckt und saugt, ganz langsam und dann ganz fest, bis ich in ihrem Mund komme.

Und ich will sie auch auslecken, bis sie laut stöhnt und mich anfleht, es ihr endlich zu besorgen. Aber ich würde sie quälen und erstmal zappeln lassen und meine Lusttropfen auf ihrem Arsch und ihren schönen Brüsten abtropfen lassen.

Ich würde ihr Flehen sowas von Genießen und sie dann fest von hinten nehmen.

Und ihre Brüste. Diese riesigen Dinger, die lassen mir gar keine Ruhe. Ich will sie auspacken, aber ganz langsam. Wenn ich sie in meine Hände nehmen würde, passen sie bestimmt gar nicht rein. Ich will sie kneten und klatschen lassen und saugen will ich dran, richtig kräftig saugen. Ich hoffe, dass gefällt ihr auch und sie stöhnt und windet sich unter mir.

Und ja, das wünsche ich mir schon lange. Aber die meisten Frauen sind da nur entrüstet, wenn man andeutet, es auch etwas härter zu wollen. Sie dagegen ist sofort drauf eingestiegen und fand es geil. Schon das zu lesen, hat mich hart gemacht. Das habe ich doch schon einmal erlebt, alles mit einer Frau machen zu können. Und danach einfach immer befriedigt zu sein und zwar alle beide.

Jetzt zieht sie mich in ihr Schlafzimmer, sagt, ich soll mich hinsetzen, holt etwas.

Ach, das ist sie. Die Spielkiste, deren Inhalt mich so interessiert. Was holt sie denn da raus?

Anja

Er ist da. Endlich. Ich bin alles: nervös, aufgeregt, freue mich, bin nass, weiß nicht, ob ich es wirklich tun soll, schließlich ist er vergeben. Aber wenn nicht jetzt, dann werde ich dieser Chance noch nachtrauern, wenn ich meinen letzten Atemzug tue.

Ich mache die Tür auf, bitte ihn rein und verschwinde direkt im Bad und ziehe meine Highheels an. Gehe wieder raus, sehe, dass er wohl registriert hat, dass ich jetzt Highheels anhabe und seine Augen vergrößern sich, als er den Netzstoff erkennt.

Ich ziehe ihn hoch ins Schlafzimmer, heute will ich alles von ihm, alles was er geben kann.

Bitte ihn, sich zu setzen, nehme meine Spielkiste und hole die Augenbinde raus und das rote Band. Die Augenbinde mache ich ihm um, das rote Band ist für später.

Dann setze ich mich breitbeinig auf ihn.

Führe seine Hände an den Rand des Overalls, so dass er das Oberteil nur noch runterstreifen muss. Flüstere ihm ins Ohr : „Entdecke mich, überall!"

Dann ist das Oberteil runter und er erspürt meine nackten Brüste unter dem Netzteil, deren Nippel schon lange stehen.

Er stöhnt und umfasst meine Brüste mit seinen schönen Händen, knetet sie und ich stöhne laut auf, so erregen mich seine Berührungen. Dann nimmt er einen Nippel in den Mund, saugt und saugt, dann den Anderen, es geht mir bis ins Mark und ich stöhne wieder laut auf, flehe ihn an, nicht aufzuhören. Und zwischen meinen Beinen pulsiert es schon vor Erregung.

Plötzlich lässt er von mir ab.

Leonhardt

Eine Augenbinde und das rote Band. Wer bekommt die Augenbinde denn auf?

Und da habe ich sie schon auf meinen Augen. Sie setzt sich breitbeinig auf mich, ich spüre sofort die Hitze zwischen ihren Beinen und will sie sofort anfassen.

Aber das lässt sie nicht zu und führt meine Hände zum Rand ihres Overalls und bedeutet mir, ihn über ihre Schultern herunter zu ziehen. Da lasse ich mich doch nicht zweimal bitten. Ich ziehe den Stoff runter, er reißt leicht, aber jetzt habe ich es geschafft. Sofort sind meine Hände an ihren Brüsten. Wenn ich schon an der Eingangstür hart war, so explodiere ich jetzt gleich, als ich ihre Brüste erspüre. Sie sind noch größer als gedacht, passen noch nicht einmal in meine Hände. Sie sind wunderbar weich, genauso, wie sie es auch immer beschrieben hat. Ich stöhne auf, will diese Brüste sehen, genieße aber erstmal das Anfassen und Erkunden. Ihre Nippel lugen zwischen dem Netzstoff hervor und sie stehen, ohne dass ich sie berührt hätte. Nun nehme ich ihren ersten Nippel in meinen Mund und sauge daran, erst ganz zart, dann ganz kräftig, dann ist der andere Nippel dran. Ihr Stöhnen animiert mich, nicht aufzuhören und sie reckt sich mir entgegen, stöhnt und stöhnt, reibt sich an mir.

Ich lasse von ihr ab, nehme die Augenbinde ab, betrachte, nein, bewundere ihre Brüste. Wie können Brüste nur so groß und so schön sein. Ich muss einfach schon wieder an ihren Nippeln saugen, sie reckt sie mir wieder entgegen und stöhnt laut auf, als ich kräftig an ihnen sauge und die andere Brust kräftig knete. Dann höre ich abrupt auf.

Ich bitte sie aufzustehen. Jetzt kann ich nicht mehr zurück. Ich ziehe den Rest des Overalls aus und bei Gott, das ist das Heißeste, was ich jemals gesehen habe. Netz von oben bis unten, ich möchte überall gleichzeitig anfassen und kann gar nicht so schnell mit meinen Händen überall sein, wo ich hinmöchte.

Aber da stoppt sie mich.

Anja

Er bittet mich aufzustehen, zieht mir dann den Overall ganz aus und ich stehe vor ihm in Highheels und Netzteil. Er schaut mich an, ganz langsam, von oben bis unten, ich fühle mich wunderbar weiblich und wahnsinnig begehrt und der erste Lusttropfen läuft an meinen Beinen runter. Ich bin so nass und es pulsiert zwischen meinen Beinen. Bitte nimm mich, jetzt und hart und hör nicht auf.

Aber nein, nun ist er erstmal dran. Ich gebe ihm das rote Band, drehe mich um und bedeute ihm, mir die Hände auf dem Rücken zusammen zu binden. Ein wenig verblüfft schaut er mich an, macht sich aber dann sofort daran sie zusammen zu binden.

Ich drehe mich zu ihm und beginne, mit meinem Mund seine Hose zu öffnen. Gott sei Dank ist sie nicht allzu eng, so dass ich es mit ein wenig Mühe schließlich hinbekomme. Ich spüre beim Herunterziehen schon seinen steifen Schwanz und nehme ihn durch seinen Slip schonmal in den Mund. Will ihn anfassen, jetzt, und ihn massieren, aber meine Hände dürfen nicht.

Ich ziehe die Hose langsam ganz mit meinem Mund herunter, er zieht sie aus und dann trennt mich nur noch der Slip von seinem harten Schwanz. Den Slip bekomme ich ganz schnell heruntergezogen und da springt er mir auch schon entgegen. Was für ein schöner Schwanz, ich will ihn sofort lecken und saugen und das mache ich auch. Am liebsten würde ich seine Eier auch noch kneten und an ihnen saugen, aber meine Hände sind ja noch zusammengebunden.

Er zieht mich zu sich hoch.

Leonhardt

Warum dreht sie sich denn weg von mir. Ach so, jetzt kommt das viel beschriebene rote Band dran. Sie hält mir ihre Hände auf dem Rücken hin. Oh, zusammenbinden soll ich sie.

Was kommt jetzt?

So, zusammengebunden. Sie kniet sich vor mich, nur in Highheels und Netzteil und schon dieser Anblick lässt mich fast sofort kommen. Das halte ich doch nicht mehr lange durch.

Sie fängt ganz langsam an, meine Hose mit ihrem Mund zu öffnen und schafft das auch sehr schnell. Nun sieht sie meinen harten Schwanz, nur noch vom Slip getrennt und nimmt ihn sofort in den Mund. Nun ist der Slip dran, schnell ist er runtergezogen und mein Schwanz springt ihr entgegen. Mit ihrer Zunge fängt sie sofort an, ihn zu lecken, mit soviel Genuss, als wäre es das beste Eis der Welt. Dann nimmt sie ihn ganz tief und ganz nass in sich auf und saugt ganz zart daran. Komm Baby gib mir mehr, zeig mal, wie sehr Du saugen kannst. Als hätte sie meine Gedanken erraten wird sie sofort fordernder und saugt so stark an meinem Schwanz, dass ich fürchte, sofort in ihrem Mund zu kommen. Und schon lässt sie von mir ab.

Ich nehme ihr das Band ab und werfe sie auf ihr Bett.

Jetzt bist Du dran. Ich schaue mir ganz in Ruhe ihren Körper an, taxiere von oben nach unten und wieder zurück. An den richtigen Stellen großartige Kurven, auf keinen Fall dünn, ein Vollweib eben. Nun gehe ich auf Erkundungstour. Widme mich erst nochmals ihren wunderschönen Brüsten und sauge an ihnen und gleich stöhnt sie wieder auf. Hatte sie nicht von Raffinessen gesprochen, die es zu entdecken gilt? Ich lasse von ihren Brüsten ab, spreize ihre Beine, die sie mir nur zu gerne öffnet. Ich werde sofort explodieren. Zwischen ihren Beinen ist das Netzteil offen und zeigt mir ihre schönste Stelle. Sie hat keinerlei Skrupel, ihre Beine ganz für mich zu öffnen und mich einzuladen, sie in Besitz zu nehmen. Ich gehe auf Entdeckung, streichle sie von unten nach oben, komme in der Mitte an und spüre, wie glatt rasiert sie ist, aber nicht ganz, genauso, wie ich es mag. Auch hier ist ihre Haut wunderbar zart, ich möchte sie sofort lecken und sie reckt sich mir entgegen, lädt mich geradezu dazu ein. Dass lass ich mir doch nicht zweimal sagen und fange an sie zu lecken. Suche ihren Kitzler, finde ihn und umkreise ihn mit meiner Zunge und sauge daran, wieder und wieder, mal sanft und mal hart. Ich höre nicht auf, auch wenn sie noch so fleht. Ich muss sie noch erkunden, höre nicht auf sie auszulecken und stecke ihr einen Finger rein. Bewege ihn langsam erst, dann immer schneller, nehme noch einen Finger dazu und werde immer schneller. Ich merke, wie sie sich nicht mehr halten kann, sie schreit leise auf und kommt und kommt und kommt.

Anja

Er wirft mich auf mein Bett und schaut mich fast bewundernd an, ist sofort wieder bei meinen Brüsten und saugt wieder dran, bis ich stöhne und hört auf, als wäre ihm gerade etwas eingefallen. Gott bewahre, was machst Du mit mir. Er schaut mich von oben bis unten an, das Brennen in seinen

Augen übertrifft alles, was ich jemals an Lust in den Augen eines Mannes gesehen habe. Er spreizt meine Beine und nur zu gerne öffne ich mich ihm und zeige alles von mir. Wieder fühle ich mich begehrt und unendlich weiblich und koste jeden seiner Blicke aus.

Ich spreize meine Beine noch weiter, lade ihn ein, mich zu schmecken und mich zu lecken.

Und schon ist er zwischen meinen Beinen findet meine empfindlichste Stelle und quält mich sofort und ohne auch nur kurz innezuhalten.

Plötzlich ist ein Finger in mir und ich merke, dass ich gleich kommen werde. Und er hört nicht auf, ich schreie schon und da steckt er mir noch einen zweiten Finger rein und wird mit Zunge und Fingern immer schneller. Was passiert hier mit mir, ich zucke und pulsiere und schreie meine Lust hinaus. Was machst Du mit mir?

Er lässt mich kurz zur Ruhe kommen. Schon dreht er mich auf den Bauch und holt die Kiste. Leise fragt er: „Willst Du die Peitsche auf deinem Arsch?" Wie soll ich das aushalten? Aber natürlich möchte ich, dass er die Peitsche benutzt.

Heiser flüstere ich ein ja und er holt die Peitsche aus der Kiste. Das ist an Spannung nicht zu übertreffen. Ganz langsam zieht er mit der Peitsche über meinen Arsch und ich halte es fast nicht mehr aus. Da klatscht die Peitsche auch schon auf meinen Arsch, ganz zart nur, ich finde es nicht schlimm, gar nicht. „Mach's nochmal, ein bisschen doller jetzt!" Das lässt er sich nicht zweimal sagen. Jetzt ist es schon ein kleines Ziehen, es gefällt mir. Nochmal, ich liebe es. Noch ein paarmal lässt er die Peitsche auf meinen Arsch tanzen und plötzlich hört er auf damit.

Ist sofort hinter mir, zieht meine Hüften zu sich hoch und stößt sofort zu. Und ich schreie vor Lust.

Ja, jetzt gib mir alles was Du hast und vergiss die Peitsche nicht. Wieder und wieder stößt er zu. Was für ein Mann, diese Kraft füllt mich so aus, lässt meine Lust ins Unermessliche steigen. Und zwischendurch landet die Peitsche wieder und wieder auf meinem Arsch und schon wieder spüre ich, wie ich langsam komme. Nun wird er auch heftiger und schneller und mit einem letzten festen Stoß kommt er in mir und ich explodiere mit ihm.

Leonhardt

Etwas fehlt doch hier noch. Ich drehe sie auf den Bauch. Wo war gleich die Peitsche, in der Kiste wohl. Leise frage ich sie: „Willst Du die Peitsche auf deinem Arsch?" Und natürlich kommt ein klares ja von ihr.

Und ich hole die Peitsche aus der Kiste. Roter Griff, schwarze Bänder, endlich einmal ausprobieren. Langsam ziehe ich die Peitsche über ihren Arsch, sie reckt ihn mir entgegen, fordert mich auf, es endlich zu tun. Und ich tue es, ganz vorsichtig zunächst. Aber sie will mehr und nur zu gerne erfülle ich ihr diesen Wunsch. Ihr Zucken macht mich heißer und heißer.

Jetzt kann ich nicht mehr, ich muss sie jetzt sofort nehmen. Ich knie mich hinter sie, ziehe ihre Hüften zu mir und stoße mit all meiner Kraft zu. Wieder und wieder und sie fordert mich auf schneller zu sein und die Peitsche weiter zu benutzen. Das tue ich nur zu gern und merke, wie ich langsam explodiere und in ihr komme.

Ich sinke zusammen, kann nicht mehr, bin unendlich be-friedigt und zufrieden.

Was ist hier gerade passiert? Das war doch nicht real. Lass es mich noch etwas genießen.

Anja

Und selbst wenn ich es mir in meiner Phantasie noch so geil oder schön ausgedacht haben mag, dass hier übertrifft alles. Ich wusste nicht, dass ein Mann zu so etwas fähig ist. Völlig befriedigt drehe ich mich zu ihm um.

Irgendwann im nächsten Jahr

Leonhardt

Und da liegt sie. Niemals hätte ich gedacht, dass es wirklich so weit kommen würde. Was war denn schon dabei. Ein kleiner Flirt mit einer meiner Kundinnen, das mache ich doch ständig. Ein bisschen Spaß, warum nicht, mal schauen, wie weit die Damen mitgehen und dann habe ich auch immer recht schnell das Interesse verloren. Meistens waren es solche reichen Ehegattinnen mit wenig Hirn. Keine konnte mich jemals in ihren Bann ziehen und das war ja auch nie mein Ziel. Ein wenig Zerstreuung, um nicht ständig daran zu denken, dass ich im Grunde schon lange nicht mehr glücklich war. Es gab nur noch die Arbeit, es hat niemanden interessiert, wie es mir wirklich geht, mit allen Sorgen und allen Problemen stand ich allein da. Was Gemeinsames unternommen haben wir schon lange nicht mehr und Zeit für Moritz war auch Fehlanzeige. Das ist es, was ich am meisten bereue. Aber noch ist er sechs und wir haben alle Zeit der Welt miteinander.

Und dann kam Frau Marisch. Allein mit ihren Mädels ist sie in die Wohnung gezogen und schon das hat mich beeindruckt. Mit ihr hatte ich schon Spaß, bevor wir uns das erste Mal gesehen haben. Tiefgründig, philosophisch und mit einem riesengroßen Herzen von Anfang an, immer etwas anders, immer Vollgas, indem was sie so tat. Zumindest war das mein Eindruck von ihr gewesen und dem was sie so immer gepostet hat. Dann haben wir uns das erste Mal gesehen und sie hat schon kurz danach von einer elektrisierenden Begegnung gesprochen. Stimmt schon, da war etwas anders als sonst, aber so etwas schiebe ich ja für gewöhnlich weit weg von mir. Aber heute glaube ich ihr, dass das wohl der Beginn von etwas ganz Großem war.

Jeden noch so kleinen meiner Schmerzen hat sie in stundenlangen Gesprächen aus mir herausbekommen, kein Mensch auf dieser Welt kennt mich inzwischen so gut wie sie und ich verstehe immer noch nicht, wie ihr das gelingen konnte. Auch unser Zusammenleben oder besser unser Nicht-zusammen-Leben ist besonders. Da wir ja beide sehr eingespannt in unseren Jobs sind, müssen wir fast sogar Termine miteinander machen. Die haben es dann aber in sich. Meistens bin ich bei ihr, wenn sie sturmfrei hat. Das ist auch besser so, das würden ihre Mädels sicher nicht verkraften, was dann immer passiert. Meistens kocht sie mir was Schönes und wir können erstmal in Ruhe reden. Natürlich erst, nachdem wir das erste Mal satt voneinander sind. Ich schaffe es einfach nicht, sie zu sehen und nicht sofort über sie herzufallen. Sie macht es mir aber auch immer schwer. Jedes Mal empfängt sie mich auf eine ganz besondere Art und Weise. Entweder steht sie schon mit der Peitsche an der Tür oder sie erwartet mich schon im Bett und hat mir kurz vorher geschrieben, dass ich zur Terassentür reinkommen soll. Und dann im Bett hat sie direkt die nächste Überraschung für mich. Schon bei dem Gedanken daran werde ich wieder hart.

Spannend und aus jetziger Sicht völlig unlogisch war es auch, wie wir zueinander gefunden haben. Ziemlich schnell ist es ganz schön heiß zwischen uns geworden und zwischendurch hatten wir immer kurze Ausflüge in die Philosophie. Ich habe mich lange dagegen gewehrt, weil ich sicher war, dass auch das wieder nur ein flüchtiger Ausflug in eine andere Welt war, obwohl ich auch sofort gemerkt habe, dass es hier etwas anders läuft. Als es im Dezember so richtig heiß zwischen uns wurde, so mit Peitsche und ohne Hände zu benutzen wurde mir dann doch etwas mulmig und ich habe erstmal den Kontakt abgebrochen. Aber da war es schon zu spät, da hatte sie sich schon in meinem Herzen eingenistet. Und wenn sie etwas will, kämpft sie auch darum. Heute weiß ich das. Damals dachte ich, lass mich einfach, ich habe es nicht ernst gemeint, so einen wie mich willst du nicht, ich bin nicht treu, hinter jedem Rock her. Jetzt ist mir klar, dass es diese innere Unruhe und Unrast war, die mich von einem Blümchen zum anderen getrieben hat. Jetzt und erst jetzt bei ihr konnte mein Herz zur Ruhe kommen. Ich schaue mich immer noch gern nach schönen Frauen um, na klar, nur wirklich interessieren tun sie mich nicht mehr. Ich bin einfach angekommen. Sie hat auch Moritz sofort wie ihr eigenes Kind angenommen und er liebt sie auch abgöttisch. Die Geschichte mit David hat mich völlig erschüttert. Wie kann ein Mensch nur so stark sein, nachdem er so etwas mitgemacht hat. Daher kommt wohl auch ihre Dankbarkeit an das Leben insgesamt. Sie sagt immer, dass sie nun die Chance hat, Moritz aufwachsen zu sehen und das ist für sie, als wenn sie ihren Sohn ein zweites Mal geschenkt bekommen würde.

Das ist unser erster Urlaub zu fünft. Ihre Mädels haben meinen Moritz sofort in ihr Herz geschlossen, erstaunlich finde ich das schon, 2 Mädels in der Blüte ihrer Pubertät und sie interessieren sich für einen 6-jährigen. Mehr noch, kaum sind wir bei den Dreien ist er verschwunden und aus ihren Zimmern hört mal viel entspanntes Lachen. Das heißt dann auch, wir haben Zeit für uns. Und die nutzen wir in allen Facetten aus. Meistens müssen wir uns ganz schön zusammenreißen, um nicht allzu laut zu sein. Das holen wir dann immer nach, wenn wir dann sturmfrei haben und Moritz nicht mit ist.

Ich muss sie schon wieder berühren und noch viel mehr. Ich streichle ihren Rücken, sie dreht sich zu mir und ich sehe, dass sie auch schon wieder bereit für mich ist. Das lasse ich mir natürlich nicht zweimal sagen. Ich habe die Peitsche schon so hingelegt, dass sie gleich weiß, was ich für eine Idee habe. Als sie sie entdeckt sehe ich nur ein amüsiertes und ganz schön anzügliches Schmunzeln auf ihrem Gesicht. Das heißt also ja. Oh Baby, gibt es eigentlich etwas, worauf du keine Lust hast? Bitte, bitte, beantworte die Frage nicht. Lass es mich lieber entdecken.

Anja

Ich wache auf und das erste was ich sehe, sind diese wunderbaren Berge.

Die Kinder schlafen nebenan.

Plötzlich spüre ich eine Hand an meinem Rücken, drehe mich um und sehe in die munteren und lustvollen Augen von Leonhardt. Hast Du etwa schon wieder Lust auf mich, wir schlafen doch gerade mal 3 Stunden. Wir konnten auch letzte Nacht wieder nicht genug von uns bekommen. Haben endlich einmal Zeit, die uns im Alltag oft fehlt. Dennoch nutzen wir jedes noch so kleine Zeitfenster miteinander. Auch letzte Nacht wollten wir uns entdecken, wieder und wieder, jeden Zentimeter des anderen immer und immer wieder neu erforschen um den anderen glücklich zu machen, uns diese absolute Erfüllung und Ekstase zu schenken, die nichts an Wünschen offenlässt.

Und nur zu gern schmiege ich mich in seine Arme, fange an, diesen wunderschönen Körper zu erkunden. Schnell bin ich dort, wo ich ihm am meisten Lust verschaffen kann und spüre, wie bereit er schon wieder für mich ist. Unter der Decke ertaste ich noch etwas anderes. Einen Griff, daran hängen Streifen, unser Lieblingsspielzeug liegt schon bereit. Ich spüre es sofort zwischen meinen Beinen pulsieren, dabei hast du mich noch nicht einmal erregt. Aber ich reagiere sofort auf die kleinsten Anregungen, schon vor über einem Jahr, als du mich noch nicht einmal berührt hattest, warst du in der Lage, mich nur mit deinen Worten heiß zu machen und darin wirst du täglich noch besser. Schon sind deine Hände an meinen Brüsten, dein Lieblingsspielort, gleich nach meinem Arsch, den du auch mit all deiner Intensität zu verwöhnen vermagst. Du bekommst sie nicht ganz in deine Hände, aber welche Lust du mir verschaffst, wenn du sie massierst und an ihnen saugst, ist unbeschreiblich. Ganz zart drehst du mich nun auf den Bauch und ich weiß, dass du auf mein Zeichen wartest, ob ich bereit für unser Lieblingsspiel bin. Wir mögen es etwas härter und dazu gehört für uns unser Lieblingsspielzeug, die Peitsche. Du weißt ganz genau, wie weit du gehen kannst und unsere Grenzen verschieben sich mehr und mehr. Ich liebe es, wenn du meinen Arsch so richtig auspeitscht. Auch an meinen Brüsten mag ich das, aber nicht ganz so hart. Wenn Du mich dann noch fest von hinten nimmst und gleichzeitig auspeitscht, ist es für uns Beide Lust und Erfüllung pur. Und ja, ich will dich auch schon wieder und drücke dir die Peitsche in die Hand. Da lässt du dich nicht lange bitten, streichelst zunächst meinen geilen Arsch, wie du es immer noch so schön sagst und ich liebe, wie du es sagst. Schon fängst du an und meine Lust auf dich wächst und wächst. Aber wie immer quälst du mich erst bis du uns beide erlöst. Jetzt wirst du härter, aber du weißt genau, was du tust und ich genieße und genieße und werde immer heißer auf dich. Jetzt hörst du auf mich auszupeitschen und ich kann es kaum erwarten, dass du mich so richtig hart von hinten nimmst. Ich bin mehr als bereit für dich, völlig nass recke ich mich dir entgegen und sofort schenkst du mir mit all deiner Männlichkeit die pure Erfüllung. Auch du kannst nun nicht mehr und wir sinken völlig befriedigt aufeinander.

Und heute Nacht erfülle ich dir alle deine Wünsche. Ich liebe es, dich so richtig zu verwöhnen, zu wissen, was dich erregt und dir diese Genüsse dann auch zu bereiten, ist mein Geschenk an dich. Inzwischen genießen wir beide mein Lieblingsspiel mit dir: passives Genießen. Ich darf alles mit dir machen und du nichts. Ich binde deine Hände zusammen und setze dir die Augenbinde auf. Die Peitsche ist auch dabei. Dann beginne ich mein lustvolles Spiel. Jeden Zentimeter deiner Haut möchte ich wieder und wieder entdecken und kann nicht genug davon bekommen. In deiner Mitte bin ich immer am liebsten und auch am Längsten. Nur eine Stelle ist in meiner ersten Erkundungsrunde tabu. Das kennst du schon und kannst inzwischen die süße Qual genießen. Ich lasse mir immer wieder etwas Neues einfallen, um dir die höchsten Genüsse zu verschaffen. Auch für heute Abend habe ich mir wieder etwas einfallen lassen. Du weißt es noch nicht und ich habe es mir extra für heute Abend aufgehoben. Da ich weiß, dass du Dessous so gern anschaust und mir dann quälend langsam auszieht, habe ich mir ein neues Set Strapse zugelegt. Als ich sie im Dessous Laden anprobiert habe, bin ich beim Gedanken an deine brennenden Augen sofort nass geworden und ich kann es kaum erwarten, sie zu präsentieren, das zelebriere ich so gern mit dir. Diese Mischung aus dunkelrot und schwarz, Spitze und Seide, diese Netzstrümpfe und die neuen Highheels bringen mich fast selbst um den Verstand. Der Tanga ist in der Mitte offen, so kann auch alles an bleiben, während ich auf dir bin. Und du kannst alles sehen und anfassen. Erst werde ich mich rasieren, so wie du es magst, dann pflegen und dann bin ich bereit für dich. Zunächst flüstere ich dir nur leise ins Ohr: „Freu dich auf heute Nacht!" Und so lange werde ich ihn mit meinem roten, superengen T-Shirt heiß machen, ihn immer wieder wie zufällig mit meinen Brüsten berühren, mich dafür entschuldigen und vielsagende Blicke aussenden. Vielleicht schaffen wir es ja auch nicht bis heute Abend.

Diese Liebe, mit der wir uns gegenseitig auffressen, ist das Größte und Wertvollste auf dieser Welt für mich. Und mir war nicht klar, dass es so etwas wirklich geben kann.

Aber nicht nur körperlich, auch auf der geistigen Ebene erfüllen wir uns vollständig. Wir können und reden über alles miteinander und Probleme sind dann ziemlich schnell nur noch kleine Steine, die im Weg liegen. Da ich voriges Jahr meinen Leiterposten abgegeben habe, kann ich ihn auch mehr und mehr mit seiner Firma unterstützen. Das bringt uns beiden mehr Zeit miteinander.

Jetzt warten erstmal Fabienne, Cora und Moritz auf uns. Unser 3. Urlaubstag gehört ganz ihnen, sie geben heute das Programm vor und wir sind eingeladen uns darauf einzulassen. Die drei verstehen sich wunderbar und meine Mädels haben endlich den kleinen Bruder, den sie sich schon vor vielen Jahren gewünscht haben. Er wird von meinen Mädels hoffnungslos verwöhnt und himmelt sie im Gegenzug völlig an.

Das Warten hat sich gelohnt.

Denn Liebe erblüht im Staunen einer Seele, die nichts erwartet!

Ende

Zeitfracht Medien GmbH
Ferdinand-Jühlke-Straße 7
99095 Erfurt, Deutschland
produktsicherheit@kolibri360.de